EN LOS CLAROS DEL TIEMPO

CUENTOS DE LUZ Y SOMBRA

Graciela Agudelo

Compre este libro en línea visitando www.trafford.com
o por correo electrónico escribiendo a orders@trafford.com

La gran mayoría de los títulos de Trafford Publishing también están
disponibles en las principales tiendas de libros en línea.

En cubierta: Fotografía Mujer a contraluz de Ileana Montaño.
Diseño gráfico: Adriana Elizarrarás
Fotografía de Graciela Agudelo: Martirene Alcántara
© de los cuentos: Graciela Agudelo
© de las fotografías: Ileana Montaño

Impreso en Victoria, BC, Canadá.

ISBN: 978-1-4269-0427-1 (sc)

Nuestra misión es ofrecer eficientemente el mejor y más exhaustivo servicio de publicación de libros en el mundo, facilitando el éxito de cada autor. Para conocer más acerca de cómo publicar su libro a su manera y hacerlo disponible alrededor del mundo, visítenos en la dirección www.trafford.com/4501

Trafford rev. 09/16/2010

www.trafford.com/4501

Para Norteamérica y el mundo entero
llamadas sin cargo: 1 888 232 4444 (USA & Canadá)
teléfono: 250 383 6864 • fax: 812 355 4082

GRACIELA AGUDELO

Nació en la Ciudad de México. Estudió la carrera de pianista en la Escuela Nacional de Música de la Universidad Nacional Autónoma de México (UNAM), y de composición en el Taller de Creación Musical del Conservatorio Nacional de Música (Instituto Nacional de Bellas Artes [INBA]).

En el campo de la Literatura, inició estudios de filología y redacción con su padre, Guillermo Agudelo Valencia. Emprendió la carrera de Letras Españolas y posteriormente trabajó en los talleres de poesía de Carlos Illescas y de narrativa de Beatriz Duarte. Ha realizado labor literaria y periodística en diversos impresos de su país, como Plural, Pauta, Le Magazine (Alianza Francesa), El Huevo, La Gaceta, etcétera. Fue directora de la revista Armonía (Escuela Nacional de Música/UNAM) y fundadora de la revista literaria infantil Letras de Cambio. En 1998 acreditó "Obra Seleccionada" en el Concurso de Cuento Espacio 22, México; y en 2002 fue acreedora al Premio Xochipilli (Comuarte/INBA) como creadora destacada.

Es autora de los libros El Hombre y la Música, Ed. Patria, México, 1993 y Método GAM de Iniciación Musical para Niños, Ed. ENM/UNAM, México, 1998; así como de diversas publicaciones impresas y virtuales.

Fue Secretaria de Extensión Académica de la Escuela Nacional de Música de la UNAM y Directora de la Escuela de Iniciación a la Música y a la Danza del Centro Cultural Ollin Yoliztli del Gobierno de la Ciudad de México, para la que elaboró el Nuevo Proyecto Académico Multidisciplinario, con la inclusión de artes como la literatura y el teatro.

En 2003 fue Directora General del estreno de su obra músico-escénica "Suite Aventuras. Un pequeño diario desde el Paraíso", basada en un cuento original y representada en el Teatro de las Artes del Centro Nacional de las Artes, México.

En cubierta: Fotografía *Mujer a contraluz* de Ileana Montaño.
Diseño gráfico: Adriana Elizarrarás
Fotografía de Graciela Agudelo: Martirene Alcántara

ISBN: 978-1-4269-0427-1

Trafford Publishing
2657 Wilfert Rd.
Victoria, BC, Canada V9B 5Z3
www.trafford.com

Printed in Canada

A Salvador Blasco,
en reconocimiento a
su reiterada generosidad.

Con mi profunda gratitud
a Ileana y Leti
por sus aportaciones.

ÍNDICE

Hay una obscura región donde lo uno es todavía lo otro.

TRÖXLER

ERROR DE CÁLCULO

a Manuel Menéndez

J'ai tellement, tellement revé
que je ne suis plus d'ici.

LEON PAUL FARGUE

Por haber aprendido el arte de la magia, a sus 15 años Elda ya tenía la facultad de poder disociar su imagen del espejo. De tiempo atrás había tomado la costumbre de encerrarse en lo que fue la alcoba de la abuela, ahora llena de cómodas, *chiffonniers*, roperos, coquetas y otros muebles antiguos, donde practicaba por horas hasta quedar extenuada por el tremendo esfuerzo que el ejercicio exigía -tanto más intenso si recuerdas que en los espejos el tiempo viaja hacia atrás-; y en días especiales era su delicia sentirse admirada por su hermana Elisa, dando saltos de un espejo a otro, haciéndose alcanzar o esperar por su reflejo.

Una excitante tarde de prácticas saltaba cada vez más alto y trataba de controlar el retardo en la caída de su imagen: primero cinco segundos, luego diez, veinte, treinta... ¡un minuto!

En uno de aquellos prodigiosos saltos, cayó y esperó atenta el reflejo. Pasado el minuto aún no aparecía, y se sintió orgullosa de sus progresos; pero después de minuto y medio de espera empezó a sentir que le faltaba el aire, que respirar le era cada vez más difícil.

Cumplido el segundo minuto comenzó a horrorizarse.

A los 160 segundos, en un gemido casi inaudible gritó desesperadamente; sin embargo, en vez de caer la imagen, fue ella quien se desplomó en el suelo.

La versión del médico fue que reventó su corazón algún intenso y prolongado esfuerzo.

Lo que nadie supo fue que Elda, la verdadera, llegó tan lejos en aquel pasmoso brinco, que perdió para siempre el camino de regreso.

POR LA SEÑAL

a J. Z.

Doña Clementina Oñate del Villar y Peña, habiendo quedado viuda muy joven tuvo un pretendiente que le ofreció matrimonio.

Indecisa ante la idea de unas nuevas nupcias pidió a Santa Bárbara una señal.

Una tarde en que se despedían, su enamorado le comentó que -cansado como estaba- llegando a casa sólo limpiaría sus botas y se tiraría a dormir. Ella después de atravesar el cerrojo al portón, volvió a sus tareas domésticas y al poco rato encendió la radio para escuchar su novela de las ocho. ¡Y que Santa Bárbara le hace el milagro!

Al terminar la dramática cortinilla musical de presentación, la voz del galán -el suyo- se escuchó mascullando algo a media voz; algo ininteligible que la inquietó.

Trató de sintonizar bien la estación, pero fue inútil: sobre una mezcla de diálogos confusos, chirriantes ruidos y anuncios con voces engoladas, Carlitos Gardel interfería imperturbable: *Tango, tango, vos que estás en todas partes, esta noche es la ocasión...*

Con la oreja pegada al aparato, a duras penas pudo distinguir las entrecortadas palabras del novio. A pausas y en medio de un caos sonoro esto es lo que escuchó:

"Adorada Tina, mi ángel de virtud y belleza... *(solitario y ya vencido yo me quiero confesar)* ...pienso en ti noche y día... *(viejo fuelle desinflao)* ...porque, dormido o despierto, vives en mis sueños..." *(si supieras)*

(Ruidos indescriptibles)

"Y nada deseo con mas ardor que... *(hoy un juramento, mañana una traición)*... ofrecerte el resto..." *(yo me juego entero ¡qué le voy a hacer!)*

"...de vida que me queda." *(pagando antiguas locuras por mis torpezas pasadas).*

(Se va la onda, pero regresa)

"Amor mío: *(Tú bien lo sabes que estoy enfermo, y en mi semblante claro se ve)*...recién leí que un farmacólogo escocés..." *(los amigos ya no vienen ni siquiera a visitarme)*

(Breve interferencia del Trío Matamoros)

"...descubrió un medicamento..." *(el malevaje extrañado me mira sin comprender)*

(Ssseñora: no lo piense máaass: fffrótele a su mmmarido la pppommmada delll Leoooón...)

"...la penicilina." *(fiera venganza la del tiempo)*

(Interfiere una ópera de Kurt Weill)

"Que erradicará de la humanidad... *(mentira, mentira, yo quise decirle)*...este terrible mal...," *(un desfile de extrañas figuras que me contemplan con burlón mirar)*

(Gatuperio de voces)

"...esta horrenda sífilis... *(¡fuerza, canejo, sufra y no llore!)*...que me flagela." *(Y no es que esté arrepentido)*

(Ruidos extraños y pausa)

"Por eso, Tina, alma mía... *(quién sabe una noche me encone la muerte)* ...te prometo que..." *(te voy a poner de almohada y tirado en la catrera me voy a dejar morir).*

Clementina no necesitó oír más. Convencida de que mientras su novio dormía ella pudo penetrar hasta sus más recónditos pensamientos, apagó indignada el radiorreceptor, y después de encenderle a Santa Bárbara un enorme cirio en voto de agradecimiento, decidió atravesar el resto de su vida sobrellevando a cuestas una piadosa y masturbatoria viudez.

Así me lo contó.

CRÓNICA DE UN **LARGO VIAJE**

Je pars; j'ai cent mille ans
pour cet heureux voyage.

JEAN TARDIEU

Hoy inicia Elena uno más de sus imprevistos viajes al pasado. Otra de esas breves visitas que esporádicamente hace a su madre y hermana, que viven en el primer poblado del país vecino. Aunque el trayecto es largo y fatigante, siempre ha llevado consigo a sus dos pequeñas; pero esta vez las ha dejado en casa al cuidado del papá. Poco después de la emotiva despedida, pegada la frente a la ventanilla del tren, sonríe ante la vista de los dulces guanacos, que pastando y jugueteando adornan los últimos verdores del paisaje.

El ferrocarril se va internando despacio en la blancura; y aunque a tanto viajar Elena conoce bien el camino y lo disfruta, lo que siempre le sobrecoge del trayecto no es la eternidad que se toma, sino los larguísimos túneles que los obreros abrieron en la montaña viva, y su interminable oscuridad, cerradamente negra.

Su pensamiento vuela a aquellos años en que se tendieron los rieles sobre la nieve para que el ferrocarril, atravesando la inhóspita cordillera por entre páramos y profundas gargantas, uniera las ciudades de Mendoza y Los Andes. Y evoca los relatos del abuelo narrando cuántos sufrimientos y muertes hubo en aquella empresa; más aún cuando el trabajo se realizaba en zonas de frecuentes aludes. Y al pensar en aquellos hombres -los pocos sobrevivientes que llegó a conocer-, recuerda la devoción con que atesoraron en su memoria esas espléndidas escenas y paisajes, que jamás hombre alguno contempló antes sobre la Tierra.

El vapor de las máquinas de "El Transandino" va compitiendo en blancura con las inmaculadas cumbres; y allá se va arrastrando el filamento de su tren por entre cornisas, riscos, valles y desfiladeros de la imponente cordillera. Sólo el río, en algunos parajes, da muestras de agitación en aquella vastedad silenciosa y latente.

Paulatinamente el arrullador bamboleo se ha detenido. Elena conoce bien estas paradas: cuando una avalancha sepulta la vía, el tren suspende su ruta en la orilla del tiempo, y entonces sólo se escucha el viento revolotear y rugir entre los páramos y con amenazante silbido desvanecerse vertiginoso en el silencio. Una y otra vez.

Elena no deja de mirar la nieve diáfana, como blanco sepulcro durmiendo en el olvido.

-En esta soledad -piensa al ver una araña- estos pobres bichos que sobreviven al frío inspiran compasión; su pequeñez ante la infinitud del manto blanco, el cielo y el picacho... es como la de una y su desolación frente a la magnitud del Universo.

Al cabo de su receso intemporal el tren reanuda su marcha y ella anhela encontrarse con el río, para abismarse contemplando la danza de sus aguas al caer: unas veces en blanquiazules cascadas cuyo estruendo perturba la quietud y el silencio; y otras, congeladas en fantasmagóricos monumentos que el sol del atardecer matiza de extraños visos, de iridiscentes y tornasolados resplandores.

Rato después y antes de que el río reaparezca, surge la majestad del Aconcagua como dorado penacho de esplendor. Elena se estremece en lo más hondo de su ser, y ya nada perturba la felicidad y el estupor solemne de su contemplación.

El lloro de las neblinas, que acentúa la emoción tras el estado místico, y el sentirse en una esquina del mundo y en el vórtice del tiempo, entibian su corazón. Y sin quitar la mirada del paisaje se acurruca, arrebujándose en su calentito poncho de alpaca.

Desde que bajó del tren en la estación, un hombre alto y delgado con negro sombrero de fieltro camina tras ella. Son las seis de la tarde y la luna rueda sobre el horizonte. La puerta está entreabierta y la casa se percibe en penumbras y completo silencio; pero adivina la presencia de la madre al ver sobre la mesa la humeante pavita del mate.

-¡Mamá!- llama a mitad de la escalera.

-Subí, nena.

Al entrar al aposento, le extraña que a tan temprana hora la madre esté en la cama y con las cobijas cubriéndole hasta el rostro.

-Mamita, ya llegué. -le anuncia; y retira las mantas para darle un beso. Sólo hay un libro abierto sobre la blanca sábana, que ostenta en su portada un título inquietante.

-¡Mamá!- vuelve a llamar; y dando media vuelta sale a buscarla a la otra habitación.

-¡Con quién venís?- Dice la voz materna.

Elena se detiene en la cima de la escalera. La oscuridad sube de intensidad súbitamente; y el claror de la luna, que se filtra desde abajo por la rendija de la puerta, proyecta su sombra sin cabeza en la pared. Y la del hombre con sombrero, que sube lentamente detrás de ella.

-¡Mamáaa!- grita y corre a ocultarse; pero el mobiliario es tan escaso y el trazo de la casa tan escueto y lineal que no encuentra un lugar en dónde ponerse a salvo del peligro. Sin alternativa, se arma de valor y cruza corriendo de nuevo hacia la pieza de la madre, donde igual que antes las mantas se pliegan sobre un bulto corporal... que ahora no descubre, por no encontrar otra vez el vacío sobre la cama. Y ahí se paraliza, tratando de disolver su temor.

Y su angustia, porque hace ya rato perdió toda conciencia y sensación del cuerpo. Piensa en su cabeza extraviada y se pregunta si es mejor así para que el intruso no pueda encontrarla.

Pero inmediatamente recapacita con tremenda aflicción -¡Tengo que percibir el cuerpo! ¡Tengo que rescatarlo o lo habré perdido para siempre!

Se concentra en sentirlo, y luego hace el esfuerzo por mirarlo. No sólo no lo trae: una insoportable sensación de ausencia comienza a invadirle. Su energía se agosta y ella se va disipando, inconsistente. -¡Me estoy desvaneciendo de la vida-! Piensa desesperada; y en un último intento por salvarse llama a su madre a gritos, como cuando de niña sentía terror frente a cualquier peligro.

De repente en ese paroxismo, ante esa intensidad de su emoción y de sus sentimientos mira elevarse por el aire, como por un encantamiento, las cobijas. Sus dos pequeñas dormían como ángeles bajo éstas. Pero ya despertaron y le sonríen con su habitual dulzura.

Ella ríe también frente al milagro y, con el impulso y la dicha de abrazarlas, va generando un cuerpo lentamente. Aparecen sus brazos y su seno, que le son suficientes. Las toma y las estrecha y llora de alegría porque se conjuró el peligro. Sabe que la maligna presencia se ha esfumado, y que el amor la devolvió a la vida. Al apretarlas más contra su cuerpo, que se reconstituye, su vista cae en el libro abandonado: "Larga Cadena del Bien y los Amores"; y al preguntarse quiénes forman los eslabones de esa misteriosísima cadena, un emocionado sollozo la despierta.

Con sensación de dicha y resabios de llanto abre los ojos, pero nada ve. Piensa en sus hijas y en su madre..., y para corroborar que está consciente se palpa el cuerpo -tibio y aún ligeramente tembloroso-; pero la negrura es tan profunda y total, tan espesa la tiniebla, que duda de haber realmente despertado de ese sueño, forjado en uno de aquellos túneles por donde "El Transandino" desapareció para siempre del paisaje.

ALTERIDAD

Y comienzo a soñar, y me envuelvo
en el sueño de las aguas.

FERNANDO PESSOA

Con evidentes muestras de ahogo el hombre yacía sobre la arena arrojando bocanadas de agua.

-Alaaaann- grité, mientras me precipitaba a administrarle los primeros auxilios.

Botiquín en mano Alan se dejó venir como una saeta. Cuando llegó, el hombre ya comenzaba a dar señales de vida.

Hacía siete veranos que pasábamos dos o tres semanas de vacaciones en la isla. Siempre así la llamamos. Una isleta pequeña en un brazo de mar. Llegábamos en canoa y hacia el mediodía ya teníamos armada nuestra tienda de campaña. Jamás vimos por ahí ser humano alguno. Era nuestro retiro del mundo y siempre creímos haber sido los únicos que conocían ese lugar; por eso aquella tarde al encontrar al hombre nos sentimos sorprendidos y atemorizados ante la idea de perder nuestro paraíso. Era evidente que había llegado solo, y que únicamente nosotros estuvimos ahí antes que él.

Mientras lo ayudábamos a recuperarse, el sol se desangró escurriendo las montañas, y poco después del gigantesco incendio entre las nubes, callaron las cigarras y las aves y el día se penetró de oscuridad.

Sentados en la playa permanecimos largo tiempo escuchando el silencio, bordado con los rítmicos tumbos del oleaje... y con el repentino carraspeo de algún perico trasnochado.

-Debo a ustedes la vida...- dijo el hombre de pronto. Tomó con suavidad la guitarra olvidada en la arena y comenzó a entonar una canción en un lenguaje extraño que nos fue adormeciendo. Al terminar, Alan y yo estábamos tomados de la mano frente a él en un espacio de amplia claridad, sin límites ni forma. Aquel extraño nos miraba dulcemente y supe que percibía nuestros pensamientos y más antiguos deseos. Una comunicación perfecta y silenciosa fluía entre los tres.

Ahora sé que todo es posible. Quiero volar y con un suave impulso me elevo por el aire. Alan me mira extrañado; pero pronto animado se suelta a flotar junto a mí. Subimos, bajamos; vagamos y giramos lentamente en todas direcciones, y al mirarnos, una ola de dicha nos agita intensamente. Sólo la voluntad conduce el movimiento, y en un océano de gozo reímos sin parar.

El deseo de seguir cualquier destino en línea recta nos va haciendo alejarnos de la playa. Volamos despacio, en una suave y pausada mecedura; y como no tenemos idea ni noción del peligro, una absoluta seguridad nos va impulsando.

Ahora vamos más rápido y es divertido sentir qué bien sabemos esquivar troncos y frondas; por eso seguimos acelerando el vuelo más y más. Siempre más hasta que desde arriba los árboles se ven como instantáneo barrido eléctrico y el bosque se convierte en intenso remolino de vuelcos-destellos-giros y laberinto y vértigo, hasta que una creciente, atronadora vibración en mi cerebro lo va a hacer estallar en mil fragmentos.

No lo soporté.

En cuanto abrí los ojos recordé. La canoa se volcó cuando Alan llegaba con la pesca.

Al mirar el botiquín abierto junto a mí me percaté... la sobredosis de morfina que me inyecté para morir sólo me hizo dormir casi dos días.

Me incorporé y miré: el cadáver de Alan aún cerca de la orilla comenzaba a ser picoteado por las gaviotas, y más arriba, en círculos concéntricos, los zopilotes sobrevolaban con paciencia.

ELISA EN LA
CASONA

a Ileana, quien
provocó esta historia.

"SE VENDE", ostentaba el llamativo letrero colocado contra la barandilla del balcón de la hermosa mansión que contemplaban Elisa y su madre. El portón de hierro forjado al centro de una larga tapia de piedra, dejaba ver el impecable jardín en que se erguía una hermosa casona blanca, con sus rojos tejados a dos aguas en diferentes niveles, su fresco porche y sus enjardinadas ventanas.

-Vamos a verla- dijo sonriente su madre a Elisa.

-Es muy grande para nosotros -respondió la joven, tratando de disimular un inexplicable recelo.

-Pero... ¡si la podamos mantener...? -replicó Elena tocando el timbre.

La chica levantó los hombros con resignación, cuando apareció una criada rolliza y entrada en años que, vistiendo un flamante uniforme azul claro y cofia del mismo color sobre su alisado rodete de cabello cano, se dirigió hacia ellas, atravesando los veinte metros de jardín.

-¿Se puede ver? -preguntó la madre.

Esbozando una sonrisa la mujer abrió la puerta. Arriba de la escalinata en el lumbral del pórtico las esperaba una señora de edad madura, esbelta y elegantemente vestida, quien las invitó a entrar a una estancia bien decorada y llena de luz. Después de cerrar la puerta se dirigió a un sillón antiguo, y señalando una pata con la punta de su zapatilla aclaró indicando hacia la izquierda:

-Lo que se vende es de esta pata para allá.

Cuando madre e hija voltearon a examinar las dimensiones -Abajo no se vende –añadió-. Vive la bruja.

En ese momento vieron aparecer ascendiendo por un escotillón que no habían advertido, a una jovencita rubia que, sin quitar la vista del papel que traía en las manos, con melindroso dejo y sin haberse percatado de la presencia de las visitantes preguntaba a su madre qué palabra rimaba con otra de unos versos que recitaba.

Como las dos señoras se habían puesto a conversar sobre su asunto y Elisa fue la única que le prestó atención, se acercó a ella y le extendió el papel, preguntándole abstraída y como si fueran amigas desde siempre:

-¿Qué palabra rima aquí?- Elisa leyó:

Someone lied;
someone died.
Tell me who:
Was it ______? [1]

y supo enseguida la rima; pero sospechando que pudiera tratarse de un conjuro o una trampa, no quiso decirla. Antes bien, le preguntó a Nina para qué quería hacer versos, a lo que ésta contestó que acababa de leer un libro de poesías, y que le habían gustado tanto que se sintió inspirada para escribir ella misma algunas. Y tomando al aire un grueso libro lo abrió al azar y lo sostuvo ante la vista de la joven.

-Mira, es éste -le dijo afable-; léelo, si quieres te lo presto.

Mirando con curiosidad los dibujos que servían de fondo a los blancos renglones, Elisa le hizo ver que tomaba el libro de cabeza. Nina asintió; pero argumentando que así debía leerse, le insistió en que lo hiciera.

-Todo tiene dos sentidos -comentó Elisa después de haber intentado leer unas líneas de mala gana-, pero el que tú lees es el malo..., el erróneo.

Invirtió el libro e inmediatamente las letras se desfiguraron un segundo para volver a configurarse enseguida; pero en negro y creando otras palabras. En cuanto leyó los nuevos versos le dijo satisfecha a Nina:

-Ahora sí. Vamos a leerlo en el sentido que yo digo, que es el correcto.

1. *Alguien mintió / alguien murió. / Dime quien: / ¿fui ______?*

Comenzaban a leer sentadas en el sofá cuando hizo su entrada un joven algo desgarbado, blanco, larguirucho y con lentes, quien después de saludar a Nina con un beso en la mejilla se sentó impasible en el sillón frente a ellas. Las chiquillas continuaban la lectura, cuando de pronto Elisa levantó su mirada, que topó accidentalmente con la del muchacho. Éste no desaprovechó la oportunidad para hacerle una rápida seña en que le daba a entender que no le hiciera demasiado caso a Nina, ya que estaba un poco tocada. Ella lo comprendió al instante, e iba a poner nuevamente su atención en el libro con intención de ayudar a Nina a salir de su error, cuando se sintió fuertemente atraída a mirar hacia su izquierda, de donde vio venir muy campante a Rompope, su pequeño gatito. Extrañada de encontrarlo allí, se levantó y corrió hacia él para cargarlo como lo hacía siempre, pero Rompope esta vez no se dejó y corrió a ocultarse bajo una mesita de madera cuyas patas remataban en unas verdaderas garras de dragón. Elisa pensó que algo malo le había ocurrido al gato. Ingeniándose una mejor táctica, lo llamó dulcemente y se le fue acercando poco a poco hasta que pudo atraparlo por el pescuezo y al fin levantarlo... sólo para confirmar su sospecha cuando vio que, en ambos lados del lomo, justo en dirección de sus patitas delanteras, tenía dos pequeñas marcas rojas.

-¡Pobrecito! Tal vez lo mordió un gato vampiro -dijo para sí mientras lo acariciaba con ternura-, o quizá le inyectaron algo allá abajo... ¡o acaso le cortaron sus alitas...! -pero recapacitó enseguida- ¡No puede ser! ¡Los gatos no tienen alas!

Le revisó el resto del cuerpo. -Y... ¡qué tal si alguien, con malas artes, le hizo salir unas para luego cortárselas!- volvió a conjeturar. Y enseguida -Mamá... -llamó-; pero su madre y la anfitriona ya no estaban allí. Con preocupación preguntó a Nina por ellas.

-Fueron a ver las habitaciones -respondió la chiquilla con un tono ensombrecido y sin levantar la vista, mientras continuaba escribiendo sus versificaciones.

Elisa buscaba hacia dónde debía encaminarse, cuando el muchacho, señalando hacia su derecha, le indicó la dirección correcta. Siguiendo las señas fue a dar a un corredor en penumbras ante el cual se detuvo; pero al escuchar la voz de su madre en algún aposento cercano se sintió animada y avanzó. Todo fue dar el primer paso, y elevarse a medio metro del suelo, sintiéndose extraña y ligera, como si de pronto le hubiesen quitado varios kilos de peso. Agitó las piernas por ver si descendía; pero sólo comenzó a avanzar a largos tramos como si patinara en el aire.

Abriendo una puerta de tantas a lo largo del pasillo para asomarse a lo que creyó era una recámara descubrió un jardín interior lleno de rosas rojas y con los muros tapizados de fragantes madreselvas, al centro del cual su padre le sonreía, haciéndole señas de que se acercara. Al correr hacia él, cayó de sentón en el mullido y exquisito césped.

-Papito ¿qué haces aquí? -le preguntó. Pero sin esperar respuesta y mostrándole el gatito, volvió a decir con gran dolor mientras se levantaba-Papá... tenemos que matarlo... está contagiado...

Y contemplando al minino entre sus brazos le habló con profunda tristeza.

-Rompope ¡tanto que te quiero! pero... por el bien de todos... tendremos que sacrificarte.

El padre traía una lata de aerosol en la mano y sencillamente roció con él al micho, que comenzó a desintegrarse como se desbarata un cardillo cuando le soplas. El último vestigio de Rompope que quedó entre los dedos de Elisa fue una de las manchas rojas que había en su lomito. Para ella era un indicio, y sin poder reprimir su curiosidad lo exprimió por ver qué había dentro. Perpleja vio salir un pastoso gusanillo de sangre.

-Sí -reconoció con pena-, estaba contagiado.

Levantó la cabeza buscando la mirada condolida y solidaria del padre; sin embargo, en su lugar sólo estaba la vieja criada, que le sonreía.

Movida por una creciente desconfianza abandonó el jardín, y volando de nuevo en la estrecha galería se dirigió a la sala, de donde provenía una sugestiva música fluida y espectral. Al caer estrepitosamente en el piso vio que el joven de lentes acompañaba al piano a Nina, quien, con texto de una de sus poesías cantaba una melodía que se difundía llenando de encantamiento el ambiente. Las dos señoras, sentadas en el sofá, los escuchaban fascinadas. Mientras la vieja criada servía el café.

-No puede ser que esté aquí -pensó al verla-, ¡la acabo de dejar en el jardín!

Y tratando de convencerse dialogó consigo misma: -Debe ser otra... su gemela-. Sin embargo no pudo evitar sentirse intrigada, y para salir de dudas se inclinó discretamente a mirarle el rostro mientras aquella sostenía la charola frente a las señoras. En ese momento la mujer levantó la cabeza y le sonrió. Para comprobar esa duplicidad, la joven corrió a la ventana que calculó daba al jardín donde hacía unos minutos la dejara. Efectivamente, ahí permanecía la criada con dos maletas a sus lados y como esperando ser sorprendida por alguien. Por eso cuando su mirada se cruzó con la de Elisa, tomó rápidamente su equipaje y muy asustada salió corriendo por la puerta trasera del jardín.

-¡La camarera huye!- gritó Elisa. Pero nadie en el salón pareció escucharla: Nina, parada junto al piano permanecía con la boca abierta emitiendo un sonido que cada vez se esparcía con mayor lentitud. El muchacho estaba inmóvil, con sus manos sobre el teclado y la vista en Nina. La música, en un acorde denso y disonante se quedó suspendida en el tiempo. Las dos señoras -Elena con las piernas cruzadas y la taza en los labios, y la anfitriona con un codo sobre el descansabrazos del sofá y medio cigarrillo entre los dedos, cuyo humo se había detenido en expansión- contemplaban con extasiada y fija expresión la escena de los jóvenes.

Elisa intentó seguir gritando, pero también el aire en su garganta comenzó a detenerse... Abrió la puerta y salió corriendo antes de caer víctima de esa extraña parálisis común. Cuando atravesaba el jardín en su carrera hacia la calle encontró tirado el cuaderno de versos de Nina y lo recogió.

Al llegar a la reja, cerrada con una gruesa cadena con candado, se puso a hojear el cuaderno ansiosamente como buscando una solución. La mayoría de los versitos estaban inconclusos: precisamente les faltaba la palabra que debía hacer la rima.

- ¡Porquería de acertijos...! – pensó airada. Pero se preguntó en seguida, con sorpresa - ¡¿Y... si deveras...?! –. Y hojeando el libro rápidamente se detuvo cerca del final, en un versito que inmediatamente supo completar:

The invisible truth
immovable lies behind.

For what seems wry
is a mere coil of your...(mind) [2]

Pensativa sobre lo que acababa de leer cerró los ojos y se llevó la mano a la frente, buscando la solución. Pero pronto la sacó de su concentración una serie de golpecitos en la ventana tras uno de los balcones. Levantó la vista rápidamente, pero no logró distinguir quién le hacía señas desde ahí. Hizo un gran esfuerzo por ver mejor -y lo deseó tan intensamente-, que la apariencia se acercó a ella, donde clarito pudo ver que se trataba de Nina, que amistosamente le decía adiós con la mano desde el ventanal. Ella desganadamente agitó la suya en respuesta, y esbozando una preocupada sonrisa puso la mirada otra vez sobre el candado, que permanecía cerrado; mientras la visión de Nina tras la ventana regresaba a su dimensión normal a la distancia.

-Qué raro... -pensó. Pero suspicaz cerró los ojos concentrándose en ver a su madre, como otras veces. Cuatro, cinco, seis, siete... y escucha a las dos señoras conversando animadamente.

2. *La verdad invisible / detrás yace inmanente; / y las torcidas apariencias / embrollos son de tu...(mente)*

Elisa corre hacia ellas mientras bajan la escalinata del pórtico y las toca para cerciorarse de que todo ha vuelto a la normalidad. Y las tres se encaminan hacia la reja, donde la anfitriona abre el candado y amablemente despide a sus visitantes.

En la calle Elisa retuvo el aliento y cerró los ojos deseando ver a Rompope. Los abre y ahí está el gato feliz tratando de atrapar una mariposa que aletea por encima de su nariz para después elevarse veloz. Lo vuelve a tomar cariñosamente entre sus brazos para acariciarlo y, disimulando una gran inquietud, pregunta a su madre si comprarán la casa.

-Pide cien millones. -respondió ésta con triste voz, añadiendo que el precio sería justo si al menos fuera en pesos.

-¿Qué, quiere dólares? ¿Euros? -preguntó ingenuamente Elisa.

-No, amor -respondió la madre en un suspiro-; ¡quiere cien millones de versos al contado!

Calculando lo inverosímil que sería pagar tal precio Elisa sintió un gran alivio; pero no quiso desencantar a su madre.

-No será difícil, mamita -le dijo dulce y consoladora-. Verás que hoy mismo los comienzo a escribir.

Y después de caminar unos minutos en silencio -Escucha -le dijo-, y dime qué te parecen éstos:

In the assurance of your Power
dwells intense all your Will.
In the strength of your fantasy
resides what makes it real. [3]

La madre le sonrió abierta y complacidamente; y abrazadas por la cintura continuaron caminando. Cada una en su propia esperanza.

3. *En la certeza de tu Poder / vive intenso tu Deseo. / En la fuerza de tu imaginación / está el hacerlo verdadero*

ERRATA
VIRTUAL

Moshihann:

Cuando leí su nombre en mi correo de hoy me emocioné más de lo debido. Usted perdone, pero lo asocié con el de Moshi Hannan, un amante árabe-inglés que tuve en mis andanzas por este mundo de sorpresas y traidoras desmemorias.

Al advertir (desilusionada, lo admito) que no se trataba de aquel inolvidable personaje, pero con mi corazón aún prendido al fantástico mundo de Arún-al-Raschid con su corte de sensualidad... y a mis desperdigados amores, tuve después la esperanza de que se tratara de alguna sabia y exótica *madame*, y entonces acudir a usted, a su sabiduría bajo el turbante, para que me leyera el café, la palma de la mano, las cartas, la bola de cristal; o bien, me descifrara lo que dice de mi alma atormentada el tarot, para develar por fin el enigma de mi infatigable y apasionada busq... ¡eh...?

Ahí me di cuenta de que el mensaje venía de ti, mi violonchelística amiga Mónica Shindler-Hann, y de que una vez más andaba yo batiendo mis espesas alas por el lejano y perdidizo cielo aerostático-emocional de la fantasía y las remembranzas.

Pero ello no bajó un ápice el nivel de mis ánimos, si bien, de nuevo lo cambió de tono, ahora haciéndome sentir una súbita oleada (más bien una turbulencia) de inquietud y angustia al recordar que había contraído contigo el compromiso de enviarte para hoy, jueves, un artículo de treinta mil caracteres sobre la vida y obra de tres compositores que en este momento voy a buscar en dónde apunté sus nombres. Texto que, una vez ubicada en la concreta -y un tanto áspera- realidad (es decir, una vez trapeada de mis nostalgias) me dispongo a escribir inmediatamente.

Abrazos fraternales,

maxi@miento.g

P.S. Bienvenida al exotismo nominal y al enorme hoyo negro del epistolario cibernético, que todo se lo traga (hasta lo que te iba yo a decir). ¡Ah, si! que en cuanto termine el artículo te lo mando...

¡¡¡Moshihann...!!!

LA PASIÓN DE
ENEDINA

Enedina no comunicó a nadie la muerte de su hijita. Lloró, gritó, aulló, se desgarró la carne, y lo negó, lo negó, lo negó hasta quedar convencida de que la niña estaba viva.

Su intuición materna le dijo que enterrar a su criatura sería irremisiblemente entregársela a la Muerte; y enferma de dolor y apego no puede separarse del pequeño cuerpecito.

Aquel día por la tarde lo tomó delicadamente, lo envolvió con amor en una frazada y lo guardó en el refrigerador. Y cada noche al regresar a casa lo sacaba, lo tomaba en sus brazos y ahí mismo, sentada en una silla de la cocina, lo arrullaba y lo estrechaba contra su corazón y sus anhelos, meciéndolo y acariciándolo por horas hasta que se ponía tibio, suave, sin rigidez y dúctilmente amoldado a su regazo.

Cuando esto sucedía, sin dejar de contemplar el rostro dormido de la pequeña, le platicaba, le narraba cuentos e historias de familia, le cantaba dulcísimos arrullos y le hacía mimos, cosquillas, arrumacos y cariños hasta arrancarle una mueca que ella tomaba por sonrisa. Horas después, antes de la madrugada y acatando la solemnidad de un sacratísimo ritual, lo amortajaba de nuevo en la frazada y con veneración lo depositaba en la hielera.

Sin haber tenido que padecer compasión de familiares, condolencias de amigos, mordacidad de vecinos, recomendaciones de médicos ni efectos sedantes de drogas y narcóticos, su vida se fue haciendo normal nutrida de esa esperanza; porque con su amoroso cuidado y el paso del tiempo, la bebé fue creciendo y tomando un aspecto cada vez más vivífico hasta mostrar de cuando en cuando destellos de una incipiente emotividad.

Para la pobre Enedina solitaria, el quinto cumpleaños de su hijita fue glorioso. Ese día, tras los arrullos y los mimos, Enita tomó aliento despacio... y abriendo sus ojos grises la miró vagamente. Inundada de dicha, en la intimidad de la pequeña cocina improvisa una fiesta con música y globos de colores. Sienta a la mesa a la pequeña y duplica todas las raciones, para comer también a nombre de la nena rediviva y sus cinco años de victorias.

La alegría de Enedina es infinita y por primera vez en todos estos años corre al saloncito y por teléfono le cuenta a su madre los sucesos... describiendo su pena y sus milagros en una deshilada sucesión de historias.

Habla del amor, la vida, los encuentros, la vocación de madre, los prodigios que salvan. Y en un arrasador torrente de palabras proclama la coronación de su esperanza.

Aquella noche de largos episodios sucede otro milagro: de los ojos de Enita brota un hilillo de agua salada y dulce que corre por sus mejillas apenas sonrosadas.

Mientras Enedina niega y reniega de la muerte y habla durante horas de una niña que no murió jamás..., su hijita va perdiendo el incipiente color ganado. Está palideciendo lentamente.

Y en tanto la mujer revuelve una vez y otra su risa con sollozos y su alegría en sufrimiento, Enita siente subirle por la espalda un frío conocido.

Y cuando dice que se sabe bendita entre las madres, la niña deja de respirar.

Enedina habla de su felicidad y los portentos que se crean con la fe y la paciencia; con la perseverancia y el amor. Y Enita cae al suelo.

Clarea la madrugada y está exhausta de hablar. Entonces se despide de la madre y regresa volando a la cocina porque ya es hora de guardar a la pequeña.

Antes de terminar de derretirse al calor de la dicha y la pasión de Enedina, en medio de un charco cristalino la carita y un brazo de su pequeña Enita aún la esperan para darle, ahora sí, su adiós definitivo.

MORISTE

Gabriel Aristi dispuso el orden de los asuntos que tenía que despachar aquel día, de manera que por la tarde pudiese acompañar en el duelo a su amigo Santiago en los funerales de su padre.

Como hombre bien educado llegó anticipadamente al cementerio. Y puesto que en la administración la pizarra que debía indicar los horarios estaba en blanco, se dirigió a una empleada sentada tras el mostrador, a quien preguntó gentil a qué hora estaba programado el sepelio del magistrado Garay. Por toda respuesta una mecánica voz chilló: -Fosa mil quinientos veintinueve.

Gabriel agradeció con una sonrisa, y nuevamente inquirió por el horario.

-No hay horario, se entierran conforme van llegando.

El hombre se desconcertó; pero debido a su natural timidez ya no se atrevió a preguntar por mayores señas para localizar la fosa y se fue a buscarla, cuestionándose, eso sí, aquella extraña reforma en el sistema de inhumaciones.

A pesar de que era una de las tardes más hermosas en varios meses, con un brillante cielo azul, en cuanto cruzó el gran pórtico y se internó propiamente en el camposanto notó que abundantes cúmulos de nubecillas muy blancas, pequeños algunos y otros mayores, flotaban dispersos a alturas no superiores a unos dos metros del suelo.

Los cementerios que Gabriel conocía eran muy similares entre sí: calzadas bien trazadas y enmarcadas por enhiestos cipreses, todo a lo largo adornadas por capillitas neoclásicas o marmóreos mausoleos sobre las criptas. Por aquí y por allá estatuas de ángeles y vírgenes, piedades y otras alegorías; floreros de granito ya vacíos sobre las lápidas, y otros ostentando restos de lo que fueron hermosos ramilletes. Y los menos, floreando solitarios todavía... Árboles diseminados entre las tumbas; melancolía y alharaca de pajarillos.

En éste, sin embargo, el terreno era totalmente salvaje y accidentado: promontorios, hondonadas, cuevas y recovecos por todas partes, donde, asimismo se dispersaban catafalcos, capillas, imágenes, coronas, flores, y gente alrededor de cajas abiertas o cerradas, esperando unos el cadáver y otros al enterrador.

A tropezones entre zanjas, grietas y desniveles trataba de encontrar el número de fosa que buscaba; pero en aquel nuevo orden no había podido localizar siquiera en qué parte podrían estar inscritos tales números. Buscando algún rostro conocido de pronto se encontró a sí mismo haciendo equilibrios al borde de la cima de una prominencia ocupada por un gran catafalco.

-Este es de un obeso... -pensó al ver que era mucho más ancho y alto que los demás. Pero al notar los vivos y barroquizantes bordes dorados -Claro que no -concluyó-; es de un político, o un nuevo rico.

Entre tanta profusión de obstáculos bajó como pudo y ante sus ojos, justo frente a él, un hombre sentado dentro de una caja trataba de salir completamente de ella, mientras que el sepulturero se lo impedía, empujándolo hacia atrás por pecho y hombros. Los familiares le indicaban que el cadáver estaba vivo; pero el empleado respondía automáticamente que lo sentía mucho pero que ya no podía hacerse nada. Ellos insistían, tratando de hacerle ver que había un error y exhortándolo a razonar un poco. Pero el tipo, deteniendo por los hombros al infeliz se dirigió a una llorosa mujer:

-Señorita Esmeralda, lo tengo que enterrar, ¿le puedo servir en algo más?

-Sí, déjelo salir -respondió la señora.

-Señorita Esmeralda: Enterrar es mi trabajo y tengo que cumplir la orden. ¿Le puedo servir en algo más?

-¡Es que está queriendo enterrar a un vivo!

-Señorita Esmeralda: Desconozco lo que me informa. Pero usted puede llamar a nuestro *call center*. ¿Le puedo servir en algo más?

Ante la amenaza de una de las personas de ir a la oficina a exponer su queja, respondió:

-Al cadáver ya le dieron su ficha de entrada, y como son foliadas no se pueden cancelar-. Y tomando muy en serio su obligación, se volvió a la tarea de empujar al desgraciado dentro de la caja.

Por los gestos y ademanes de los familiares hechos a un lado, Gabriel adivinó que colectaban un buen soborno para que el trabajador no cometiera un crimen. Pero ya no quiso saber más, y dando media vuelta caminó hacia cualquier parte sin una muy precisa referencia en la memoria de lo que estaba haciendo.

Apenas ahora se daba cuenta de la extraña consistencia de la tierra: negra, con la fina apariencia del polvo, no era tan volátil que se levantara al pisarla; ni lodosa ni arenosa, era seca, pero muy suave, tanto que se le hundían los pies hasta los tobillos, dificultándole caminar. Anduvo sin rumbo, y mientras espantaba con las manos aquellos pequeños y densos cúmulos de bruma, pensaba que, entre tanta variedad de gente viva y muerta esperando turno, sólo había visto a un enterrador, y discutiendo.

Vencido por la curiosidad ante las caras de unas personas agrupadas cerca de donde él pasaba, se dirigió a una señora sentada sobre un ataúd cerrado y le preguntó cuánto tiempo llevaban ahí, y si ya les había llegado su cadáver. Ella respondió que hacía ya cuatro días que lo habían recibido, pero que tenía la ficha número 976 y había oído decir que los sepultureros iban por la 54. Entonces le preguntó si pensaban esperar tanto tiempo como les faltaba, y ella, con un tristísimo acento de resignación y como hablando para sus adentros, respondió que no podían hacer otra cosa..., que ese era el camposanto que les correspondía. Y añadió un poco más animada y como justificándose -No podemos llevarlo a otro cementerio porque nos tomaría más de diez días conseguir la autorización para sacarlo de aquí, y al menos otros quince el trámite para darlo de baja... más lo que tardarían para entregárnoslo allá, a donde lo lleváramos.

-¿De veras?

-Y no sólo eso -continuó desahogándose-, tendríamos que pagar derechos funerarios otra vez allá; y además, en cada comisariato por donde pasara el cortejo habría que pagar el impuesto de "arrastre de cuerpo".

-Y para colmo -intervino un anciano con las exasperadas manos en alto- el Ministerio de Decesos y Funerales cobra un tributo especial por "transito mortuorio".

Gabriel suspiró impotente... y deseándoles suerte se alejó del grupo.

Apenas había dado unos pasos cuando una voz llamó su atención. Al voltear vio a un hombre muy complacido que se enterraba a sí mismo sin féretro, en la socavada ladera de una colina en forma de cueva poco profunda, al tiempo que, con aire de satisfacción, soliloquiaba -¡Por fin me liberé de la Gudelia! ¡Valió la pena esperar tres años! -y mientras para completar su entierro se cubría cabeza y orejas con sucesivos puñaditos de tierra, Gabriel lo escuchó decir exultante -Aquí sí que la familia ¡nunca dará conmigo!

Convencido de que él tampoco daría con lo que andaba buscando porque ni lo recordaba ya, decidió desembarazarse lo más pronto posible de esa situación que no alcanzaba a comprender; pues por su mente cruzaban diversas hipótesis que no la explicaban del todo..., como ser víctima de una alucinación, de una pesada broma o, incluso, de una demencia repentina.

Iba ensimismado en esas conjeturas cuando pasó al lado de otro grupo de gente. Era más numeroso y su discusión la más acalorada de todas las que había presenciado o escuchado al pasar. Los congregados parecían tratar de convencer de algo a un hombre joven, delgado, ataviado con traje y corbata cafés, y a cuyos rasgos daba cierto relieve oficial un bigotito. Un auténtico empleado de quintos mandos. Se acercó a ellos verdaderamente intrigado por el vocerío, con la esperanza de haber encontrado al fin un funcionario que lo sacara de su perplejidad; sin embargo no lograba enterarse de cuál era el motivo del debate, aunque veía que el hombre del bigotito traía una mano repleta de papeles que parecían ser fichas, identificaciones, comprobantes, actas, notas, garantías, recibos, fotos, facturas y otras constancias; papeles que agitaba con insistencia mientras con la cabeza denegaba una y otra vez.

Con curiosidad se acercó al grupo y escuchó lo que una señora con gesto acusador le decía al hombrecillo.

-Licenciado Tarifas, por favor...; no es la primera vez. Hace seis días también resucitó un hombre; y cuando se les reclamó porque el forense dijo que aún no estaba muerto, ustedes ni siquiera quisieron darle atención al asunto -y a gritos histéricos añadió- ¡ordenaron que continuara el trámite y que se le enterrara!

La mujer estalló en sollozos y el licenciado respondió muy fino y con una inmutable sonrisa -Tiene usted razón. No es la primera vez que esto sucede, pero comprendan por favor: este asunto no es de nuestra competencia; nuestra rama de actividad sólo son las inhumaciones. Las resurrecciones deben tramitarse en otra dependencia. -¿En cuál? -preguntó azorado un hombre. El licenciado levantó los hombros en señal de impotencia. -En realidad, no sé..., creo que no existe ninguna... -y en seguida añadió con actitud comprensiva y solidaria -Tss... es que el caso de las resurrecciones no lo prevé la ley.

Para esto allá a lo lejos, personas ajenas a la discusión desenfadadamente sacaban emparedados y otros alimentos de sus bolsas de plástico. Algunos bebían aguas de cola o cerveza, y otros, indiferentes o cansados, se tendían nomás a la sombra de los árboles. En otra dirección Gabriel alcanzó a ver una numerosa familia dirigiéndose a una parte plana del terreno, donde los hombres amarraron dos hamacas a las jacarandas, y las mujeres se sentaron cómodamente en el suelo y sacaron de sus canastas refrescos y bolsitas con frituras, mientras los muchachos y niños se apresuraron a patear y corretear sus blancas pelotas grises de mugre.

Gabriel volvió a concentrar su atención en el altercado justo en el momento en que el funcionario aconsejaba a la concurrencia acudir al ministerio gubernamental correspondiente, sólo que el señor director -único que podría darles información-, hacía dos meses había salido del país para asistir a una cumbre internacional de pompas fúnebres, y aún no había noticias sobre la fecha de su regreso. Y satisfecho y solemne, concluyó recordándoles lo que dijo el capellán del lugar en un caso idéntico: *"Carísimos hermanos: este hombre, en el momento de su muerte, ya ha sido juzgado por Dios nuestro Señor; y nosotros no tenemos ningún derecho de regresarlo al mundo. ¡Vuélvanlo a enterrar!"*.

Gabriel se alejó del grupo, caminando dificultosamente. Y guiándose por entre los culebreos de la larguísima fila ante la ventanilla de reclamaciones y quejas, logró dar con la salida: un pasillo oscuro y angosto que desembocaba en una especie de vestíbulo o recepción, con su vacía caseta de información al centro y varios mostradores: unos con diversas golosinas y coloridos juguetitos de plástico, y otros con folletos, calcomanías y sugestivas tarjetas postales que mostraban el interior del cementerio, pero sin gente y en una versión impresionantemente limpia y hermoseada. En las paredes colgaban grandes afiches, que sobre fúnebres escenas rezaban:

A su pesar tornó la vista hacia otro variopinto cartel:

¡Retruécanos! resonó en su mente sorprendida ante el ingenio publicitario; y con un germen de masoquismo no exento de morbo se acercó a leer un tercero que anunciaba:

M O R I S T E

con grandes letras sobre la barriga de un cuervo de perfil; pero especificando hasta abajo con caracteres más pequeños:

Muerte **O**ficial **R**ápida. **I**nstituto **S**ocial de **T**rámites para **E**ntierros

Había varios más, pero no logró seguir leyéndolos porque una apremiante sensación de nausea lo invadió. Cuando pudo decir buenas tardes miró de reojo a la empleada, que tras el mostrador y mientras cepillaba su largo cabello negro, a voz en cuello le relataba a una colega que sacudía las revistas del exhibidor, los detalles de su último galanteo amoroso. Nadie lo escuchó, porque en el radiorreceptor, acompañada por un rudimentario y monótono golpeteo rítmico, resonaba la agudísima voz del cantante de moda en esos días; y en las grandes pantallas televisivas empotradas a dos paredes, retumbaba el estilo gritón de un locutor reseñando el cotidiano partido de fútbol.

Fue allí donde Gabriel se percató de que el piso era de nuevo firme y las extrañas nubecillas blancas habían desaparecido; y sintiendo un gran alivio se dirigió hacia la calle. Al cruzar la puerta de la oficina mueve la cabeza en un gesto indefinible; y luego de unos segundos se integra con paso tambaleante a la muchedumbre que como enloquecidos virus cunde por las calles de la gigantesca ciudad...

UN CUENTO DE
AMOR

a Linnus

Tus grandes ojos verdes me dicen que me amas. Hay un azoro en ellos y su inocente transparencia no encubre tu pregunta...

-¡Claro que sí! ¡Te amo profundamente!

Adoro tus modales: tu leve caminar, que apenas roza el piso; tu queda permanencia junto a mí; tus desapariciones largas y misteriosas, llenas de irrealidad (que aunque no estés aquí, nunca te vas lo suficientemente lejos).

Te amo cuando, después de tus silencios, me encuentras de repente, me miras ¡y te estremece el pasmo de tu hallazgo! Como si no supieras... ¡Mágico!: no sé si regresas de un sueño o de una temporal inexistencia.

Amo tu milagrosa desmemoria, que no es perdón, porque jamás te das por ofendido; y porque tus truhanerías -mitad de macho y mitad de niño consentido- provocan la bendición de mi indulgencia y hasta me arrancan la pícara sonrisa complaciente.

Me encanta la nobleza de tu porte: tu dignidad, tu tiranía de rey venido a menos... de rey disuelto en la bondad de un ángel. Y amo tu no dejarte doblegar; también tu petulancia cuando no atiendes a mis ruegos.

UN CUENTO DE AMOR

Leal, fiel, paciente, abstraído en tus propios intereses o amodorrado en el ocio del descanso, siempre estás cuando llego, compañero; y si interrumpo el circunloquio de tus meditaciones, sales de tu interior, de tu letargo, y desparramas a mis pasos que vuelven el cabrioleo amoroso de tus bienvenidas, tu dicha sorprendida por mirarme de nuevo, y esa tu socarronería de después, cuando me haces saber que, confiado, esperabas mi regreso.

¡Me gustan tus jugarretas!

Y se me antoja la suave forma de tu cuerpo: plena de paz, tibia y acogedora cuando duermes; o bien, cuando tendido, tenso y largamente sensual imploras mis caricias. Te amo cuando te engolosinas mordisqueando mis dedos -(¡malvado!)-, y cuando te regodeas en tu desvergonzado coqueteo y yo me rindo a la banal autoridad de tus deseos.

Eres como un fetiche y me fascinas por cómplice, por sádico y perverso.

Porque cuando te entrego mi cariño me respondes mirándome a los ojos dulcemente... y alargando tu *miaaau*... y tu gozoso ronroneo.

PELÍCULA DE HORROR

-**Mira, mami: renté este DVD** -me dijo Elianne.- Quiero que lo veas; es una buena película y te va a gustar.

-Sí, mi amor. Ponla y la vemos.

TAN -TAN -TAN (se oye metálico).

"Abajo está la bruja con su yunque" (dice el hombre a la mujer).

-i¿Qué?! ¿Es de terror? Ay, tesoro, no me pidas que la vea; ya sabes que detesto ese género de películas.

Un furor me sube por la columna hasta el cerebro ¡y apago con rabia el aparato!

Pero la imagen de una grotesca bruja se transparenta en la pantalla.

Lo apago otra vez con renovada furia.

Y otra vez el espantajo se recrea, y crece contra mí. Una agresiva dimensión de la maldad está cobrando vida con fuerza incontrolable.

Para no verla más me doy vuelta en la cama y jalo con airada violencia las frazadas hasta cubrirme la cabeza.

Pero es tarde; porque la arpía ya consumó su hechizo y un dolor intenso me despierta.

Mientras ella me mira complacida y yo la veo reír maldita en la pantalla, advierto, entre la sangre, que no fueron las mantas: jalé hasta desprender mi propia piel.

DE LAS OTRAS
REGIONES

Atención, niñas y niños, muchachas y jovencitos; señoras y señores que ya todo lo saben: si aún conservan algo de oído y no se han vuelto ciegos del gran ojo, podrán ser testigos de una fiesta, un aquelarre de iesos del otro mundo! Si son miedosos no sigan leyendo. Cierren el libro en este instante. Pero si no, tengan mucha precaución y cautela. De preferencia úntense rápido mostaza en la nariz para que queden protegidos de cualquier hechizo... porque de aquellas islas aún no descubiertas; de las praderas más lejanas donde el pedo de lobo y la seta engañosa crecen y conviven con los más milagrosos árboles y plantas; de cuevas y grutas sacrificiales excavadas por el viento en las rocas, y aún desde las profundidades más ciegas del océano... vienen llegando las hadas.

Unas son grandes. Señoras muy finas y hermosas -o matriarcales y bonancibles- vestidas siempre con túnicas de colores delicados. Otras son pequeñitas como una mariposa, y baten nerviosamente sus alas de estaño y cristal. Llegan también las que no son ni grandes ni pequeñas; ni grises ni verdosas; ni buenas ni malas... y aquellas otras cuyo mayor placer es la venganza y siempre cargan disimulados filtros de estramonio.

Ahí se las ve llegar. Vienen felices. Algunas cabalgan sus cabras de colores, y otras caminan... o simplemente vuelan, dejando el aire abatido y con un extraño olor a mandrágora y eléboro cogido en Escorpio.

Para venir a la fiesta se bañaron al rayar el alba cantando entre cascadas y manantiales. Yo las estuve espiando y pude oír el tafetán de sus matices y los ecos verdes y afilados de sus voces. Al salir del agua se tiran al sol para secarse, y luego se dispersan a examinar los vegetales con los que cubrirán las partes sorprendentes de su cuerpo, y con exquisita sensualidad ensayan el estilo de cubrirlo. La mayoría esconde bajo su corpiño manojitos de barba de cabrón y semillas de hierba del diablo.

Siempre hacen este ritual antes de salir a ayudar a los humanos... y también a entretenerse a su costa; porque hay que ver cómo les gusta pincharles cualquier parte del cuerpo con pequeños alfileres, y esconderles llaveros y espejuelos.

Cuando entran en casas de los mortales, les fascina espantarlos con portazos. Pero lo que verdaderamente les encanta es ¡bailar! Las más locas y atrevidas se robaron unos músicos por el camino, y ahí los vienen pastoreando, cargados con su montón de instrumentos sonoros y brillantes.

¡Miren! por aquí vienen llegando escuadrones de salamandras, ondinas y sílfides, las celosas guardianas del fuego, el agua y el aire; y por supuesto que tras a ellas vienen esos otros hijos de la Naturaleza que custodian la tierra: duendes y gnomos. Algunos ya llevan 400 años caminando. Porque viven en bosques lejanísimos, en grutas y cavernas apartadas, en pantanos lodosos y sombríos, entre raíces de árboles gigantescos, en las fortalezas en ruinas, en los templos y catedrales, en todos los castillos, en las casas desvencijadas y en las viejas minas abandonadas. (Y yo sé que en las ciudades, gustan habitar tras los retratos de familiares que cuelgan en los muros de nuestras casas).

¡Cuidado con ellos! porque aunque suelen ser amigables y serviciales con los humanos, a la mayoría le encanta hacer bromas pesadas y luego cambiar de forma y convertirse en animal. O en gente de apariencia normal (como ese que está atrás de ti). Pero ten más cautela con aquellos de grandes orejas puntiagudas, porque siempre andan de mal humor y cuando se enojan de veras son terribles y maléficos y capaces de hacer trucos y magias abominables.

Ya la familia de los duendes está completa. Llegaron *aluxes* y chaneques, que les gusta embromar y hacer chapuzas; *djinns* recién salidos de su antiquísima botella en el mar y dispuestos a servir y cumplir los deseos de quien los haya liberado; pequeños *brownies* con su sombrero verde de copa y su casaca estrecha de grandes botones. De peores trazas, con camisetas a rayas y bien untadas a sus vientres barrigudos, algunos vienen empinando las botellas de vino bronco que por el camino hurtan en las tabernas; y otros, entre alegres y pendencieros, se divierten apostando hechizos y jugando carreras sobre sus chivas y cerdos escamados... Y allá, en la mera cola de la fantástica cabalgata, miren cómo viene andando a saltos sobre su única pierna el Imbunche, con su cara girada hacia la espalda y blandiendo su gran garrote de lenga con el que azota duro a los humanos que por ambición queman montañas y matan árboles, plantas y animales. Y a los que lo hacen nomás por estúpidos y ociosos.

¿Sabías que los duendes tienen un gran oído musical y saben fabricar sus propios instrumentos? Mira que si entran en tu casa y encuentran por ahí una flauta, un violín o un arpa, se pondrán a tocar y bailar frenéticamente. (A veces se oye cómo tiran cosas y chocan con los muebles o los patean sin querer con sus grandes botas mineras). Su música suena extraña, pero es muy melancólica y deja a los oyentes cautivos en un éxtasis. ¡Cuidado con lo que oyes! porque muchos se valen de la música para atraer a los humanos a su tenebroso país... ¡Así uno se llevó 137 niños de Hamelin! Pero un *axolotl* me reveló el remedio contra este hechizo: ¡Cálzate al revés ahora mismo! ¡Cámbiate de pie el zapato, zapatilla, chapín, sandalia, zueco, mocasín, alpargata, choclo, botín, cacle, tenis, guarache, pantufla, chancla, bota o escarpín... o coturno que traigas puesto! para que no corras el peligro de irte a meter a su círculo a bailar con ellos su enloquecida danza... y luego desaparezcas de aquí como por arte de encantamiento.

¡Hazlo rápido! porque... tras haber adivinado el futuro de sus hijas e hijos en su empañado espejo mágico; luego de menear y menear por horas su asqueroso potaje en un gran caldero hirviendo; después de reír a carcajadas al observar sus oscuros sortilegios en la bola de cristal; tras haber alimentado con arañas a su taimado gato negro..., recién llegadas de andar haciendo maleficios con sus poderes destructores, y rodeadas de escandalosos búhos y murciélagos, atraviesan la luna volando sobre viejas escobas... una caterva negra de escaróticas brujas que también han querido disfrutar la fiesta.

Presidiendo el desfile vienen las más desbocadas bailarinas: Xtabay, quien por las noches canta escondida tras un árbol frondoso y atrae a los caminantes solitarios para -igual que las sirenas- seducirlos y devorarlos; la gorda Lulufa, que a ritmo de grácil odalisca ondula de arriba abajo su tripudo vientre frente a las parturientas, y Feba la de los senos descomunales, que trastorna a los chicos. Y aunque vienen llegando la pelirroja que le cortó el alma al pescador enamorado, y la Befana que es gentil y en enero reparte juguetes y prodigios a niños y grandes, también se acercan

muchas otras... que no son tan buenas: desde la Tierra de Oz, protegiéndose de la lluvia con su paraguas de abejas negras llega la Bruja del Oeste, que es perversa ¡pero de las que se derriten si la mojas!; de Córdoba, la mulata que para huir pintó en la pared de su prisión un navío y se subió en él, perdiéndose en el oleaje del mar entre las brumas de la noche. Desde la vieja Rusia, a saltos en su choza erguida sobre la pata de una gallina llega Baba-Yaga, que se alimenta de chicos y chicas... De Inglaterra, las horrendas brujas de Macbeth ya están aquí... traficando profecías y conjuros con la Fata Morgana, esa hechicera descabezada madre de Mordred. ¡Tan maligna que quiso destruir al Mago Merlín y a su propio hermano el Rey Arturo! ¿Te acuerdas?

Y por el lado de allá, mira como están llegando muchas otras... de las que saben hacerse invisibles y desde ahí te echan el mal de ojo.

Una advertencia antes de que entres a la fiesta: si traes en la bolsa una cabeza de ajo bíblico, mandrágora, toloache o floripondio, o espinas de babosa brava; o clavos de acero; o huesos, dientes o cuernos de algún felino o cervato infeliz. ¡O un huevo de hormiga albina o escamas doradas de dragón! O si acaso vienes montado en un unicornio... nada debes temer, porque estás protegido contra cualquier encantamiento. Pero si no... Si no... ¡Mejor será que huyas rápidamente! ¡¡Vete pronto de aquí!! ¡Que ya se escucha a lo lejos el brioso galopar de la bestia del gran festejado!

Pero si por alguna razón ahí te quedaste sin saber qué hacer; si no tuviste tiempo de escapar... ¡Pobre! Más vale que te pongas a implorar la protección de quienes te quieren, de quienes te cuidan, y que con sólo llamar, desde las regiones más elevadas de la Naturaleza, desde los círculos de luz transparente y azul vendrán en tu auxilio y con sus grandes y cálidas alas te protegerán de cualquier peligro. ¡Acógete a ellos sin demora! ¡Créeme! ...porque sólo ellos pueden protegerte de los seres que habitan en las otras regiones.

Pues ellos son mucho más buenos, inteligentes, sabios, poderosos y portentosos que brujas, duendes, *djinns*, hadas y *aluxes* y otras tantas visiones.

LOS SUEÑOS DE BÁRDOL

La noche del entierro y en la declinación de su niñez, Bárdol tuvo sueños en tonos de plata y de violeta:

Que con la leche de sus cabras el abuelo está haciendo un queso más grande que la luna.

Que ha venido a buscarlo para ir a dar un paseo por las montañas..., y allá van los dos haciendo vuelos rasantes y piruetas en la silla de ruedas del anciano.

Que a la hora de la merienda el libro de cuentos del abuelo se deshoja una vez y otra, y otra en sucesivos despliegues de prodigios.

Que con el bronce del corno del abuelo han forjado un escudo que lo protegerá por siempre.

Bárdol: sobresaltó tu sueño la bailarina del reloj que dando vueltas se rompió en la onceava campanada.

¡Y esa noche supiste que nunca más el abuelo vendrá para pegarla...!

ESTANTIGUA

a Ileana, otra vez.

Estrechamente agrupados y en silencio avanzábamos por la calzada principal, a cuyo largo, colocados en soportes o recargados en los terrosos muros, decenas de catafalcos vacíos que nunca se llenaron por sus dueños permanecen ahí, añosos, desolados, tal como fueron puestos por los habitantes evadidos de aquel pueblo que siempre confió en el regreso de sus muertos.

Al frente, los chamanes van descifrando los conjuros, y conforme cantan letanías y salmodias, los seres se desincrustan de los lejanos y estatuarios cerros y en profusión bajan torpemente a unirse a nuestro grupo.

Baja la gente de piedra, y sus cabezas puntiagudas semejantes a cascos medievales miran en una sola dirección: sólo de frente, como si no tuvieran movimiento. Se mezclan entre nosotros y nos aspiran intensamente. Algunos nos hablan en una lengua tan pastosa que no podemos comprender. Otros quieren jugar... tal vez pedirnos algo.

Nuestra procesión sigue, y a cada paso, sus cuerpos de granito se ablandan, comienzan a suavizarse y a poco van mostrando asomos de la textura de la piel, que rosácea, se va notando a través de los pétreos harapos.

Cansados de la diuturna pesantez de su vida de piedra, los seres parecen reconocer sus catafalcos y se dirigen a ellos. Algunos apenas alcanzan a llegar y se desploman medio de espaldas, cayendo mal sentados y con las piernas fuera. Otros, en cuanto dan el paso al ataúd caen de bruces o en cualquier otra forma; pero todos en una grotesca mueca parecen sonreír, sorprendidos de su abrupta liberación.

Las mujeres de nuestro grupo atraen especialmente niños pequeñitos que de un salto se trepan a su regazo, abrazándolas por el cuello y con las piernas rodeando su cintura.

Casi todas ellas vencen el horror y quieren ayudarlos: los llevan cargando hasta encontrar sus pequeños catafalcos y ahí los depositan con amor.

Algunas no alcanzan a salir y ahí se quedan con los pequeños seres encerradas en los ataúdes.

Pero otras no los aceptan. Con repugnancia se apartan y los avientan a las cajas, que se cierran con precisión antes de recibirlos.

Y ahí quedan tirados los abortos hasta que un siglo de estos pase por ahí otra estantigua.

¡Y pensar que sólo un hálito de amor para poder morir en paz necesitaban ese día!

CUENTO DE
ABUELA

a Rubén

Cuando al cabo de veinte años en busca de fama y fortuna Eusebio Morado regresó al pueblo, una tarde su abuela, gitana que atravesó varias veces el mapa echando la buenaventura en su raída carpa de feria lo sorprendió donde lo hacen los hombres: a la orilla de la cama llorando sus sueños fallidos.

En el claroscuro aposento la vieja se sentó en la mecedora junto a él; y mientras le acaricia la cabeza lo consuela y ahí mismito, con ronca y cansina voz le cuenta una de sus historias:

La mina estaba junto al río, y el diamante le dijo a la piedrita: "He pasado mitad de mi vida oculta en el silencio. La tierra me albergó y una alta montaña se alzó para esconderme; cuando me hallaron, pulieron mis aristas con esmero y me llamaron preciosa entre las piedras. Desde entonces vivo para enaltecer cetros y coronas, y embellecer cuellos, manos y orejas exquisitas de notables, reinas y princesas... ¿tú qué...?"

La piedrecita se lo quedó mirando.

Luego, de un salto se metió al riachuelo y se dejó deslizar por la corriente para después tenderse inmóvil en el cieno a sentir la ondulante caricia del agua.

Saltó sesenta metros desde una cascada y pronto salió a escuchar el concierto de su estruendo.

Jugó con los peces de colores que matizan el agua; chapoteó por la orilla, chanceando con el musgo y las flores ribereñas.

Escuchó las historias del viento en los juncales.

Y sobre las raíces de una ceiba se recostó un momento a contemplar cada uno de los fugaces tonos del crepúsculo.

Por fin, extasiada de belleza, lentamente se fue dejando sumergir en el trasluz de una poza para dormir la siesta.

En un bostezo largo y apacible se acordó del diamante... y de las inquietantes contraesquinas que orlan el paraíso de la felicidad.

Se le fueron cerrando los ojitos y ahí se quedó por unos siglos dormida.

Eusebio no entendió un pito. Pero se quedó en silencio contemplando a la abuela; y como la amaba tanto, después de sonarse con estruendo le brindó una de sus más amplias sonrisas.

Tan amplia como la decisión que ese día tomó de ser feliz siempre a su lado.

LA COLECCIÓN

Desde el volcán más nevado hasta el mar, el río de la comarca bajaba culebreando en cascadas y recodos; y allá abajo en un exuberante valle antes del estuario, los hombres habían fincado su floreciente aldea.

Bajo un cielo estrellado el lobo Kamún regresaba a su cubil disfrutando aún de la velada que pasó en la madriguera de Dacarí.

-El buen Dacarí... es un gran tipo -pensaba meneando el rabo de un lado a otro-; y pensar que a su corta edad ¡es ya el puma más respetado de las montañas!

Se habían conocido meses atrás, cuando la comunidad animal los designó para dirigir a los castores en la construcción de una represa: una gran charca de diversiones para solaz de elefantes, hipopótamos, jabalíes y otros paquidermos. Y hoy, para celebrar en privado el exitoso final de la obra se reunieron en casa del puma. En su elegante residencia este atendió con gran gentileza al lobo, y con alegría departieron toda la tarde y buena parte de la noche. Kamún regresaba contento y satisfecho de los logros de aquella reunión.

-Me conviene hacerme su amigo- reflexionaba en el camino. Y lo embargaba una placentera sensación recordando el refinamiento de su socio. Y sobretodo, su fantástica colección.

Porque después de haber hablado de negocios y ganancias y de firmar convenios para futuros proyectos, compartieron una deliciosa cena al cabo de la cual Dacarí invitó a Kamún a pasar al salón de trofeos.

El no era profano en el arte de la caza, ya que la había practicado durante toda su vida; si no como un deporte, sí a escala doméstica y obedeciendo a un imperioso instinto de supervivencia. Pero hoy, todo fue traspasar la puerta y quedarse boquiabierto ante aquel nutrido conjunto de piezas tan exóticas y bellas como valiosas, todas artísticamente distribuidas aquí y allá, y muchas de ellas con un paraje de su hábitat en torno hábilmente imitado o reconstruido.

Al entrar al salón llamó su atención una cabeza que destacaba empotrada en el muro junto a la puerta, sobre un soporte de madera de artística talla antigua.

-Este es un noble ejemplar muy difícil de lograr por su gran habilidad para mimetizarse. -se adelantó a explicar Dacarí al percibir que su huésped no era experto en razas. Y continuó -Proviene del sur del norte y es gran invasor de tierras y conquistador de otras especies-. Concluyó, y guardó silencio admirándolo con orgullo.

-Hum. Pues no se ve agresivo- comentó Kamún, mientras contemplaba aquella pieza con su dorada cabellera, su blanca tez y finos rasgos que armonizaban con una atractiva sonrisa.

Después de unos segundos avanzaron en dirección de un grupo de especímenes, todos de la misma raza.

-Esta es una familia completa -exclamó Dacarí- fue una fortuna haber podido agarrar a todos. La verdad es que nos ayudó el azar...

-¿Por qué?

-Estas piezas son de la Coprópolis, donde tú sabes que para uno es muy peligroso internarse; pero ellos... salieron de su coto en sus atronadoras sillitas con ruedas, y...

Se trataba de una pareja con dos hijos: un bebé en brazos de la madre, y el mayorcito con el papá, a horcajadas ambos sobre una motocicleta.

-¡Qué realismo! -dijo Kamún- la hembra cargando a su cría es conmovedora.

Dacarí asintió, comentándole que su taxidermista, que era de primera, logró dar a estos ejemplares la expresión desaprensiva y la postura exacta en que fueron sorprendidos.

-¡¿Cómo?! –preguntó el lobo con una mueca de incredulidad- ¿No trataron de huir?

-No, porque no usan el oído para sobrevivir. Montan unas sillas rodantes que hacen un pavoroso estruendo -explicó el felino-, y cuando se bajan de ellas se meten en las orejas unos alambritos que transmiten retumbos y golpeteos a un volumen verdaderamente estrepitoso.

-Bah, ¡pues qué bien por ti!- concluyó sonriente el lobo. Y reinició su caminata sin rumbo definido, sólo entregándose a la fascinación que le producía encontrarse inmerso en ese fantasmagórico mundo de figuras inertes simulando tan vívidas expresiones.

Caminaba complacido y volteando despacio de un lado a otro cuando llamó su atención una frágil chiquilla de larga cabellera, sentada solitaria sobre un banco en mitad de la amplia sala. Con la intención de admirarla más de cerca dio unos pasos..., pero que se paraliza al verla correr hacia él emitiendo extraños y articulados soniditos.

Al notar el pánico en el rostro de su amigo, Dacarí se apresuró a explicar en medio de una carcajada -No te asustes, animal, es mi mascota-. Y mientras Kamún salía del susto, aquél continuó explicándole que la niña era muy dócil y sumamente servicial y lista, pues ya había aprendido a cargar la presa y a ayudarle a destazarla.

Después de acariciarle la cabeza, el puma ordenó a la chica echarse a sus patas; y siguió hablando sobre las características de esta raza.

-Las hembras son ideales mascotas -le explicó animoso-, pero es costumbre raparlas porque, sin pelos en el cuerpo y con tantos en la cabeza, son antiestéticas. También les mutilamos los pulgares; porque son muy habilidosas para andar todo el tiempo haciendo cositas.

-Me parece una costumbre muy cruel -comentó Kamún-, es más justo dejarlos como son.

-Claro. Sólo esterilizar a los machos.

Y dando media vuelta se dirige hacia un extraordinario ejemplar que destaca único al centro del muro al fondo del salón. Kamún le pregunta por qué ocupa un lugar tan distinguido y preferencial, y por qué está empotrado desde la cintura y no desde el busto, como los demás.

-Por su genealogía; -explica el puma con paciencia- y porque si este tipo hubiera conocido su destino *post mortem* de figurar en una valiosa colección, hubiera pedido que se le colocara de una manera destacada y con marco de oro, para llamar la atención y dejar claro su *status*.

-¡Ah...! O sea que le rendiste un homenaje a su naturaleza-. Entrecruzaron un guiño de ojo y continuaron su andar, contemplando otras piezas.

-Ven, te voy a mostrar algo bien interesante-. Dijo Dacarí al lobo. Este lo siguió hasta un jardín interior -casi un edén- hermosamente decorado donde en un claro sobre el césped yacía un hombre que, con el tronco de un árbol por espaldar, "saboreaba" un aromático fruto cogido de alguna de las ramas que se desplegaban a su derredor. -Trae de cabeza a zoólogos y antropólogos debido a su extraña conducta. Es el único ser al que no sólo no le importa la supervivencia de su propio grupo, sino que le roba, lo explota y lo esclaviza.

Kamún levantó las cejas sorprendido, y ambos quedaron pensativos, observando al ejemplar.

Cavilosos y en silencio se alejaron de ahí y deambularon aún entre aquella variedad de muestras de caza. Al poco Kamún se detuvo frente a una que llamó poderosamente su atención: un hombre cuyo liso cabello negro le caía sobre los hombros.

-Ahhh, a éste lo conozco bien... ¡es sabrosísimo! -y relamiéndose los morros añadió emocionado- es uno de mis platillos favoritos. Después, un poco contristado, exclamó en un suspiro -Por cierto, hace tiempo que no me como uno...

-Tienes razón; -comentó Dacarí- casi han acabado con él. Durante tres siglos fueron exterminados a millones, y los pocos que quedan están en veda por tiempo indefinido. No te imaginas el trabajo que me costó conseguir una autorización especial para cazar... éste.

-¡Hmmmm! -exclamó en un suspiro Kamún- hace tiempo ¡cómo merodeaban por praderas, desiertos y mesetas estos bípedos...!

-Esto no es nada, amigo -interrumpió Dacarí vigoroso-; carne sabrosa en verdad, la de este morador de las regiones tropicales. Ven.

Y haciéndose seguir por su invitado -Te lo voy a mostrar -le dijo.

Zigzaguearon entre algunos ejemplares de lo más variado, hasta detenerse frente a tres arquetipos: dos mujeres y un hombre de tez oscura y labios gruesos. Una era de estatura elevada, y la otra y el hombre robustos y de talla baja.

-Esta carne -exclamó el puma señalando a los más pequeños- es suprema; especialmente la de niños tiernos, entre dos y cinco años.

No muy convencido, Kamún los observó desde diferentes ángulos, mientras el otro continuó: -Yo siempre que voy por allá me como unos quince o veinte. Conozco una cuevita donde te preparan unas brochetas insuperables. Un día te voy a invitar para que pruebes algunos-. Concluyó mientras propinaba a su huésped amistosas palmaditas en el lomo.

Kamún pensó "los prefiero al natural", pero con gran diplomacia se abstuvo de comentarlo y en cambio preguntó por qué si esos tipos eran de orden culinario los incluía en su colección, a lo que aquél respondió que se trataba de un caso especial, ya que ellas no eran cualquier ejemplar de su raza, sino las respectivas lideresas de dos naciones en guerra por la paz, a quienes en plena lucha sorprendieron los cazadores, interesados en el incalculable valor histórico que ya en vida habían alcanzado por sus hazañas bélicas y políticas.

-¿Y el hombre? -interrumpió Kamún.

-Ah..., bueno... es que el culto matrimonial obliga al macho a inmolarse en el mismo sacrificio en el que sucumbe su hembra... ¡y se me entregó!- dijo Dacarí levantando los hombros, y luego, con una sonrisa socarrona -¡Es que los lampiñitos practican cada rito...!- añadió. A pesar de las numerosas piezas que incluía la colección, Kamún consideró haberlas visto todas -algunas de paso, y detenidamente las más interesantes-, así que discretamente se encaminó hacia la puerta del salón, comentando con su anfitrión lo mucho que admiraba su "valentía y buen gusto".

Cerca de la salida y un poco oculta entre las demás descubrió una pieza totalmente diferente de las otras. No en cuanto a sus rasgos; sino porque ésta, en lugar de tener por marco la flora de su región de origen como en los demás casos, aparecía tras un mostrador de falso granito, encima del cual un cancel de plástico apenas dejaba ver su malhumorado rostro a través de una pequeña ventanilla. Tenía a la izquierda un ordenador, y a su derecha una caja registradora.

-Esta hembra es un ejemplar de la gran familia de los mutantes -explicó Dacarí con su típica grandilocuencia-. Sólo realizan las más rudimentarias de sus funciones vitales; porque el hecho de permanecer toda la vida ejecutando maquinalmente su oficio y acatando órdenes superiores les ha bloqueado completamente su facultad de discernimiento, es decir, ya se les atrofiaron atributos como la inteligencia, la iniciativa, la intuición y el sentido común.

-¡Autómatas!

-Robotitos con los inconvenientes humanos –aclaró Dacarí, y prosiguió- Como los sistemas sociales en que se agrupan generan a estos tipos en abundancia, son tantos que ya forman una parte bastante representativa de la humanidad.

Sin saber qué comentar, Kamún sólo meneó la cabeza decepcionado mientras apretaba los belfos. Y como ya era un poco tarde, consideró prudente acelerar su retirada.

Por su admirable cultura antropológica felicitó una vez más a su anfitrión, agradeciéndole la gentileza de su hospitalidad. Dacarí lo acompañó a la puerta del cubil, recordándole que en dos días más tendrían una junta de trabajo para puntualizar las bases del nuevo proyecto en sociedad: la construcción de haciendas consagradas a la crianza de humanos, tanto para engorda como para pelea y lidia. -Por su proclividad a la gula y la violencia, éste será un negocio fácil y ganancioso -concluyó.

A pesar de haber recorrido más de quince kilómetros de regreso a su guarida, el camino le pareció corto al lobo, saboreando sus recientes vivencias. Cerca de su madriguera se despejó el follaje y relució una hermosa luna llena velando en el cenit. En ella encontró una excelente compañía con quien compartir su gozo por una experiencia verdaderamente inolvidable.

De un salto se trepó a la cima de un peñasco en el camino, y haciendo gala de su voz le expresó su júbilo con un largo y afilado *aúuuuu*...

Sólo que ya nadie escuchó su canto porque, por escasez de agua, los hombres que habitaron la otrora fértil aldea baja, tuvieron que abandonarla para irse a buscar otro lugar.

Y SE LEVANTARON
LOS VESTIDOS

La noche prometía ser completamente consoladora, sin las impetuosidades de las hormonas, los exabruptos del amor ni las proyecciones violentas de la tele.

Eda llegó a casa rendida y con deseos de tirarse a dormir. Harta y deprimida por los problemas en el trabajo, las incomprensiones familiares, las trifulcas del tránsito y la insuficiencia del ingreso para sostener la vida de ella y sus dos hijos adolescentes. Desde que Gabriel se fue.

La promesa de una noche tranquila se cuarteó al encontrar la casa oscura, solitaria y sin comida en el refrigerador o la estufa; sin saber dónde andaba Ernesto y sólo con un recadito de Aída que le avisaba haber ido a una fiesta y mamita no te preocupes, regreso en la madrugada.

Después de una improvisada merienda entró a la pieza de la hija para apagar la luz: el clóset de par en par, alhajitas desparramadas sobre el tocador, latas de refresco en el buró, pares y nones de zapatos volcados por el suelo; revistas y ropa sobre la cama. Y un exquisito olor a perfume que se mezcla con el de las colillas del cenicero.

Mientras se prepara para dormir no puede evitar sentirse víctima de las circunstancias del momento que –se aferra en creer– son pasajeras: los chicos crecerán y sentarán cabeza; sus esfuerzos y dedicación la recompensarán a la larga en el trabajo; llegará la oportunidad de poder huir de esta ciudad caótica e innoble; en pocos años seré una abuela feliz y satisfecha ¡y aún joven... para encontrar al hombre de mis sueños...! ¿cuáles ...?

Será la edad, el clima; el furor, la primavera, la soledad, o tal vez una patología. Son las tres de la mañana cuando Aída está en el clímax del fiestón y los vestidos comienzan a levantarse.

El primero se detuvo hasta arriba. Era de encaje rosa pálido. Sus mangas hasta el puño dejaban al descubierto los hombros; su peto bordado de abalorios daba contorno al escote y su ancho vuelo abanicaba el aire con delicioso aroma de mujer.

El verde irisado de azules fue más lento en subir. Sus destellos irradian de arriba abajo desde la cintura frágil. Y se detienen a la altura de los muslos.

Y el marrón de tafeta... iba subiendo lúbrico como la mano que sube y baja acariciando la madera de un mueble generoso.

El marfil de gasa, de larga cremallera y crestas de *guipure* subía lento y flameante, sorteando virajes y desdibujos en el aire.

Y la tafeta de seda del rojo infinito crepitaba y crujía. Subía a jalones y jadeos y sus visos alternativamente vomitaban hastío y halaban deseo. Y se rozaba insistente contra el azul cielo y los visos índigo y eléctrico de un satín simple y austero, sin adornos ni notas atrayentes más que su sobriedad.

Los tonos amarillos del *shantung* van y vienen, suben de tono y palidecen, avanzan y retroceden sin definir su condición; y en cada contracción desaparecen y regresan abiertos y expandidos, llegando en cada ciclo al límite de sus capacidades móviles.

El brocado chino no se deja subir. Se resiste a las provocaciones y permanece ahí recto y cerrado. Quieto y silencioso como lago oriental.

Y en tanto Aída festeja y se desboca al son de la candente música que acompaña los bailes de su fiesta, Eda contempla estupefacta cómo flota y rejuega la maraña de trapos perversos que Aída se probó y dejó aventados en la cama.

ESCAPE FRUSTRADO

All that we see or seem
is but a dream within a dream.

EDGAR ALLAN POE.

Durante más de un año Erik y Marion habían podido compartir sus vidas en la líquida y transparente serenidad de la pecera; pero una noche sufrieron tal ataque de agresividad que, por la mañana cuando la pequeña Elda abrió los ojos y como siempre, quiso ver divagar el intenso azul y el rojo nacarado de sus dos pequeñas mascotas, le extrañó mucho divisar un sólo pez mayor, con una cola en cada extremo. Al acercarse le sorprendió con gran dolor advertir que se trataba de Marion flotando muerta, con el cuerpo de su compañero Erik atragantado hasta la mitad.

Por no querer deshacerse de sus pececitos la chiquilla le vertió unos hielos y dejó la pecera tal cual por varios días, hasta que una tarde tuvo la ocurrencia de meter ahí una muñequita inglesa de colección (de esas vestidas a la usanza campesina), que por varios minutos permaneció estática, parada al centro de la líquida esfera, mientras ella se divertía mirándola desde diferentes ángulos a través del vidrio, buscando siempre la ampliación y distorsión que aparentara movimientos reales como respirar o mover las manos o los ojos.

Una mañana en que con esto se entretenía, notó que aun sin mover la vista ni la pecera, la muñequita inglesa parecía respirar. Queriendo asegurarse de que se trataba tan sólo de una ilusión de óptica, contuvo el aliento y se quedó inmóvil mirando; pero estupefacta la vio moverse, comenzar a crecer y crecer más hasta de un paso salir del agua con la ropa seca, caminar hacia una esquina del cuarto y sentarse en el suelo con actitud desaprensiva y sosteniendo con naturalidad un ininteligible soliloquio que interrumpió mucho rato después, cuando habiendo alcanzado la estatura de Elda, se levantó para salir del aposento.

-¿A dónde vas? -le preguntó la niña. Sin responder la muñeca prosiguió su camino hacia la puerta, por lo que Elda corrió y la jaló del brazo. -Oye, no puedes irte. Eres mi muñeca-. Sólo que al hacerlo tiró con tal fuerza de la inglesita que ésta cayó al suelo, tronchándose el cuello al rebotar contra la pared. Elda corrió a abrazarla y la arregló de inmediato. -¡Ay! No vayas a morirte también tú... ¡por favor! -fue lo único que alcanzó a decir antes de notar que la muñeca entre sus brazos seguía creciendo y distorsionaba sus rasgos y sus ojos hasta mostrar una cara horriblemente deformada por la ira. La niña se apartó.

-No fue mi intención tirarte -le aclaró asustada-. Yo sólo no quería que te fueras. Por toda respuesta la muñeca comenzó a agigantarse, y vibrando como los que se electrocutan avanzó hacia ella amenazando quebrarle el cuello con sus manazas; pero Elda, con rapidez y acierto ¡y con todas sus fuerzas! le arrojó a la cara la pecera. ¡Craaash! estalló el cristal en mil pedazos, y el agua que no se derramó haciendo caminos... salpicó abundantemente techos, paredes, muebles y espejos.

Con tal estruendo Elisa despertó de esta terrible pesadilla. Temblaba sudorosa y el corazón le palpitaba frenéticamente. Mientras la madre acudía presurosa en su auxilio, ella, muy exaltada todavía y con la respiración entrecortada le narraba el sueño y le juraba haber visto a su hermana Elda gritar implorando ayuda para escapar de sus prisiones. -Me duele el corazón -añadió-, es como una punzada muy aguda.

La madre con palabras dulces poco a poco le calmó la angustia.

Pasaron las semanas y Elisa se quejaba cada vez más. La punzada en el corazón le dolía continuamente y la madre se preocupaba con razón. Fueron a ver al médico, quien después de auscultarla concluyó severo:

-Tiene que ser intervenida; también a ella le está fallando el corazón.

Se realizó la cirugía y el médico (que con frecuencia erraba en sus diagnósticos) dijo quién sabe qué sobre una válvula ocluida. Porque nunca quiso reconocer que lo que extrajo de la víscera de Elisa no fue otra cosa que el extraño fetiche de un pez devorando a otro, hecho de multipartículas irisadas de vidrio y agua.

El caso es que Elisa se curó de su dolencia y poco a poco las pesadillas fueron desapareciendo.

Elda, en cambio, antes de que los años se lo impidan sigue creando túneles de terror... a ver si por alguno logra escapar de los espejos.

GREG Y SUS HERMANOS

Je vous souhaite d'etre
follement aimée.

ANDRÉ BRETON

Inmaculado Greg:

Hace cuarenta días traigo unos labios que no me pertenecen; están duros y eréctiles. Quizá porque has dejado de besarlos. El resto de mi cuerpo se borra poco a poco del paisaje que celebró nuestras alianzas y se va a otra floresta, más mórbida y deleznable. Y me asusta la desaparición que me va penetrando.

Anoche que anunciaste tu compromiso con la mujer de tus hermanos estuve ahí. La recepción fue espléndida y te vi feliz y enamorado como nunca de Athala. Dichoso de haber ganado al fin tú -¡el primero y el último (quién lo diría)!- su corazón para siempre.

De caminar entre el gentío como una más de los invitados terminé entristecida y opté por detenerme en una esquina del salón para sólo observar a la sofisticada concurrencia.

En varias ocasiones pasaste junto a mí, sonriendo agradecido, con la copa de champaña en una mano y la otra trenzada a la de Athala. Y todas las veces te llamé por tu nombre, te hice señas, te grité. Pero nunca me oíste.

A diferencia de los humos que me velaban a tu vista, mis ojos topaban siempre con los de Óscar, nublados de celos y vidriosos de alcohol; y observé a ese vividor de Patricio, el hijo a quien jamás pudo educar tu madre, desbordando, como siempre, su arrogancia y cinismo por entre salones y pasillos de la mansión Goldwin.

Me dañó el espectáculo y el whisky... y ver reunida a tanta gente que te torció el destino. Al menos Athala ostenta con orgullo su final decisión de amarte más a ti que a tus hermanos. Observé con atención sus labios: son delgados y finos, y aunque sonríe, le caen ligeramente en las orillas. Como la obstinación cansada de la noche. Obstinación.

Greg, estuve ahí ¡y ni siquiera te enteraste! No me viste por más que te llamaba, y yo no podía acercarme: en una esquina del salón, entre losas y trabes de tu casa quedé prensada de las alas. No podía liberarme del rincón y desde ahí miré pasar la fiesta enrarecida.

Hacia la medianoche y desde la niebla de su borrachera Óscar (el hermano que te enseñó a ser hombre robándote las novias) me descubrió. En cuanto se acercó a mí le tendí los brazos. Mientras Patricio ya besaba mi mejilla saludando y como siempre, compitiendo con él.

Al contacto con ellos mis alas quedaron liberadas... y lentamente juntos, los tres encaminamos hacia la biblioteca nuestro encuentro.

Ahí encerrados nos miramos durante largo rato como niños atónitos. Poco después surgieron las palabras y las acusaciones, y un infierno de injurias y reproches hasta que uno por uno comenzamos a llorar la misma -y diferente- pérdida.

Luego el dolor y las urgencias de consuelo comenzaron a untarnos de caricias, de besos y saliva mezclados con los ríos de lágrimas que regaban la campiña del largo tapete de mil flores, a donde cada vez más acuosos desfallecieron nuestros cuerpos entre los unicornios. Y donde, dulce y amorosamente nos fueron seduciendo los delirios y doblegando las viejas impotencias.

Mi Greg iluminado y luminoso: mientras tú celebrabas tus bodas con Athala, intensa y dolorosamente yo te desencontraba en esos febriles vuelcos de voluptuosidad que ella bien conocía... consumiéndome en el febril, incestuoso calor de tus hermanos.

CAMBIO DE ESCENA

We are the stuff
dreams are made of

WILLIAM SHAKESPEARE

Hacía ya varios días que me encontraba tensa y preocupada, sin acertar a resolver la escena fúnebre en la obra teatral que montábamos. Era mi esperada oportunidad de colaborar en una producción con la famosa Olimpia Farell, y me impuse el reto de crear algo realmente innovador e impactante. Sabía que algunos enseres funerarios me eran indispensables.

-Ojalá pueda encontrar algo verdaderamente original; esta obra debe tener un realismo impresionante- pensaba con obsesión mientras estacionaba mi auto en la agencia.

El empleado fue excepcionalmente amable. Con paciencia extrema me mostró cirios, urnas, osarios, lámparas votivas, reclinatorios, cajas y catafalcos de diversos tamaños y estilos, y todo por cuanto pregunté. Yo curioseaba, tratando de decidir entre tantos objetos, cuando me surgió una idea.

-¿Sabe? -le espeté decidida- quiero ir al departamento de cadáveres. A ver si encuentro uno que pueda ir bien con la escenografía. ¡Debo ser muy realista!

-Pero, señorita -respondió arqueando las cejas como en una advertencia-, ¿está usted segura de que quiere ir allá? ¡Viene usted sola!

-Sí -le corroboré-. Pero usted me acompañará, supongo.

-Bueno; traeré las llaves-. Asintió dando media vuelta.

Mientras hurgaba en el cajón y examinaba por ambos lados cada una de las llaves de su grueso manojo, yo, que lo miraba de medio perfil, observé con un morbo no exento de cierta suspicacia cómo su gruesa, lisa y amarillenta cabellera le nacía extrañamente cerca de las cejas, acortando su frente y dando a su rostro una dimensión pequeña, casi simiesca.

-Vamos, pues...- me sonrió, señalándome una escalera excusada que terminaba en una puertita de metal.

Como una sala de hospital, el lugar era amplio y claro. Los cuerpos yacían en camastros, ya alineados, ya diseminados a todo lo largo y ancho del salón. Sólo por examinar la calidad de la mercancía a alquilar me acerqué al primer cadáver frente a mí. Se trataba de un hombre pequeño vestido de colores, que en cuanto me incliné a observarlo movió disimuladamente un brazo. Aunque esto me hizo sentir cierta desconfianza sobre la seriedad de la agencia, levanté la mirada buscando algún otro que pudiera llamar mi atención, y en una mecedora frente al único y gran ventanal, vi y oí toser a una viejecita en cuya cabeza quedaban blancos y escasos mechones de pelo, y sobre la que inminentemente se cernía la muerte.

-¡No estarán tomando a esta pobre anciana por cadáver!- exclamé indignada.

-No, señorita. A ella se le atiende aún conforme al reino de los vivos.

-Y a los demás, ¿cómo?- pensé sin entender; pero preferí no hacer comentarios, y menos aún dejar volar mi imaginación.

Nada me gustó. Todos los cadáveres estaban vestidos y exageradamente maquillados; así que me di media vuelta comentándoselo al empleado.

-Se ve que ya tienen mucho tiempo aquí; están todos polvorientos -le dije-. Yo quiero algo más nuevo, más vivo..., bueno, no más vivo; más real, es decir... mmmás fresco. Un cadáver reciente y sin maquillaje, al que sólo se le vea el rostro macilento entre las sábanas. Algo más... ¡natural!

Decepcionada me dirigía a la puerta cuando observé que en uno de los camastros a la izquierda, cuatro cadáveres yacían juntos. Dos de ellos eran mujeres y de los otros dos no alcancé a darme cuenta, porque una de aquellas, ridículamente maquillada bajo su rubia y rizada peluca, me hacía señas y muecas para que la escogiera. Una elusiva y desconfiada sonrisita fue mi respuesta y me escabullí rápidamente.

-¡Puff! ¡Qué pacotilla! –pensé-. Cierto que sólo los quiero para escenografía; ¡pero estos! más que muertos parecen toscos muñecos de utilería. Se ven tan falsos que no impresionan a nadie.

-Comprendo lo que usted está buscando -me dijo el empleado con ahogada voz mientras descendíamos-. Venga, le voy a mostrar los que nos llegaron anoche, sólo que... algunos todavía tienen alma.

-¡Eso es lo que quiero! -le respondí en un estremecimiento.

La escalera se siguió alargando hasta desembocar en una estancia sofocante y casi en tinieblas, donde el aroma de las ceras y los nardos trascendía el acre olor de lo que muere.

-Éste le gustará- me aseguró, dirigiéndose a un ataúd gris con cuatro cirios rojos alrededor. Me acerqué por el otro lado para examinarlo: era un sexagenario, aunque no lo suficientemente demacrado. Levanté la vista para comentarlo, cuando el empleado, excitado, acercó al mío su rostro. Yo consentí y él me besó en los labios larga y apasionadamente. Sin tocarme; siempre por encima del ataúd. No ofrecí resistencia. Estaba embelesada, aunque alcancé a preguntarme cómo un hombrecillo tan repugnante era capaz de besar y emocionarme tan intensa y deleitosamente. Sólo largo rato después y sin salir aún de aquel arrobamiento, me aparté de él.

-Todo esto me parece un engaño- le comenté suavemente.

Como un autómata, iracundo y en voz cada vez más alta comenzó a repetir -Engaño, engaño, engaño.

Trato de huir; pero él me sujeta por el brazo encajándome sus uñas retráctiles. -¡Déjeme ir! ¡No quiero nada de aquí!- le grité encolerizada.

-Seguro que sí -contestó recobrando su parsimonia-; usted quiere ser muuuy realista. Y mirándome de reojo añadió:

-Vamos al establo ¿no leyó el Rig Veda?- Inopinadamente recordé un versículo: "*...con diversas ocupaciones, deseando riquezas, permanecemos en el mundo como ganado en los establos...*"

-Bueno, ahí están los que todavía no han muerto -continuó con su exasperante y falsa cortesía- pero usted puede escoger el que guste y yo se lo preparo y se lo entrego fresquecito ¡y muy jugoso! ¿No leyó a Rilke?

Acto seguido vino a mi memoria un fragmento: *"Todos somos aquí como frescas bebidas... pero aún no conozco a aquellos que nos beben"*.

De un fuerte tirón me liberé y huí corriendo sin saber a dónde. Entonces dijo un nombre, y apareció un hombrecillo con cara de pez, uniforme funerario, y una muñeca entre las manos que me lanzó con fuerza. Era un bebé que al hacer contacto conmigo generó unos dientecillos agudos y filosos que a mordisquitos me fueron triturando los dedos hasta arrancarlos. Corrí mucho tiempo con la muñeca aferrada a mis manos. Desmayándome del dolor recuerdo haber pasado por entre una sala llena de espectadores. De violenta sacudida boté la muñeca, que cayó rodando por ahí, y corrí al escenario, no sé si para actuar o por salvarme... pero antes de llegar me fui desvaneciendo en el vacío de un sueño.

Mientras mi cuello y rodillas se doblaban, aún alcancé a oír la suave voz del empleado a mis espaldas:

-Sí..., sueñe... ¿No leyó a Calderón?

EL CASO DE MOLINETE

a Gabriela Soto.

Tía, ¿te acuerdas del gatito que me regalaste el día de mi cumpleaños?

Yo lo quería mucho, tan hermoso que era. Gris claro con listas blancas en la panza. Tan rechonchito y pequeño parecía de peluche. Dices que apenas tenía tres meses, pero ya era bien travieso y juguetón. Dice mi mamá que sobre todo tenía muy marcado el signo de los gatos: era voluntarioso. Tanto, que lo llamé Molinete.

También era un poquito berrinchudo. Si al momento no le dabas lo que quería no paraba de maullar y ronronear hasta que lograba su empeño.

Figúrate, la otra tarde entró a donde yo devanaba mis madejas y al verlas que da un reparo y abre unos ojotes. Se puso feliz, creyendo que lo estaba yo esperando con la sorpresa de un juguete.

Y que se abalanza sobre mi bola de estambre anaranjado con amarillo. La jaló en un segundo y se puso a jugar a los enredos; pero yo se la destrabé rápido de las uñas mientras le daba un buen regaño. Entonces levantó la cara, y viéndome a los ojos maulló compungido y zalamero, pidiéndomela; pero yo le dije no. Y de puro berrinche, ¿qué crees? Que de un salto se echa de lomos sobre mi sillón rojo y comienza a patalear.

Claro que yo no me iba a dejar chantajear por la pataleta de un gato rabietas por muy lindo que fuera; así que me puse firme y no le di el estambre. Entonces, panza arriba como estaba, hamacó el cuerpo y comenzó a balancearse de pies a cabeza.

Se veía muy chistoso, y yo pensé gato loquito. Y así se lo dije. -No seas loquito, Molinete, ¡pareces humano!

Pues que se enoja más y acelera su penduleo. La cabeza, los pies, la cabeza, los pies, bien rígido y cada vez más aprisa. No podrías creer qué tan rápido se comenzó a mover. Como si se le hubiera ciclado el motor. Yo me divertía y creí que él también y hasta pensé ya le gustó el jueguito. Pero de todos modos le grité: ¡Ya para, Molinete!

No me hizo caso y siguió meneándose a una velocidad que hasta perdió la forma y en su lugar sólo veías un manchocito gris como un pompón en licuadora.

¡No sabes, tía! Siguió moviéndose a tal grado que cada vez se distinguía menos. Porque cuando arreció su balanceo, sólo se veían las rayas blancas de su panza, como los colores de un rehilete cuando más duro gira. Y empezó a zumbar. Y luego se veían más los claros rojos del sillón, que su vaivén.

Después, se convirtió en una motita gris lanzando destellos luminosos. El zumbido se fue haciendo tan agudo, tan agudo ¡que hasta lo dejé de oír! y la radiación aumentó y se volvió muy caliente. Y centelleante. ¡Sólo veías rayos blancos ardientes y fulgurantes!

Así duró un buen rato; y luego los rayos se empezaron a producir cada vez más espaciados y al final, se fueron apagando como una luz de bengala hasta que no quedó nada.

Bueno, sí: algunos pelitos chamuscados que tuve que barrer de la alfombra antes de que regresara mi mamá.

Ese Molinete, tía... ¡estaba rebién pirado!

Para mi cumpleaños quiero que me regales otro michino igual de lindo. ¡Ah, pero por favor... ¡¡Que no sea tan enojón!!

EL ESPEJO DE EVA

Durante una de aquellas siestas de Adán después del coito, en el bochorno de la tarde salí a dar una vuelta al paraíso y me encontré con ella.

Bailaba tango, y la capa negra con que llegaba envuelta a la diablesca milonga cubría su largo vestido rojo, entallado arriba y abierto por ambos lados desde el muslo hasta la cinta que ataba sus altísimos zapatos.

Era un lujo verla bailar. Cuando las cuerdas de la orquesta realizaban sus alargados *glissandi*, el demonio mayor deslizaba la capa negra de astracán desde los hombros de la bella... y qué delicia ir descubriendo despacio su dorada espalda, más cuando se estrecha en la cintura y en un lúbrico efecto del surco central, en dos trayectos va a encajarse firmemente sobre los espléndidos volúmenes de las nalgas.

Con enigmática sonrisa agradece al patrón el gesto; entorna los ojos y lentamente gira el cuerpo: las caderas curvan gráciles el aire y la tela del vestido hace notar la leve comba del vientre, que se cierra abajo en un volcán, y hacia arriba se tensa insinuando las costillas, que en lo alto sostienen la espesura de dos plácidos frutos casi redondos, de no ser por su rosáceo capullo de orquídea al centro.

En el vertiginoso aquelarre no había hombre para ella: sólo mi escoba desflecada que milagrosamente se sostenía atada a un palo duro, largo y erguido como esbelto galán.

Qué placer verla entregarse a su voluptuosa danza: camina hacia su palo retadora y coqueta; se para frente a él y en un firulete dibuja con la punta del pie en el piso la lenta redondez de un giro que atrae... rechaza y vuelve a llamar; levanta con altivez el brazo y se lo enlaza; echa el torso adelante y posando su frente en la mejilla de él, cierra los ojos. Y balancea muy leve el cuerpo antes de comenzar.

Los violines y el piano se desgarran para seguir sus movimientos: cuando cruza los pies y los muslos se juntan, aprietan un deseo que se desborda; y al empujar las piernas rectas hacia atrás, tira pasos más largos que su propio largo. (¡Que para algo se sabe ser bruja cuando se baila tango!).

Y en tanto el bandoneón lamenta sus nostalgias, ella acaricia el palo con el pie: después de frotarlo lentamente con el envés, el empeine recorre sensual la mitad del largo hasta cruzar del otro lado para remeter un gancho y regresar a adornarse en un bamboleo. Luego, lenta, vuelve a inclinar el torso para sentir el tacto de su palo de escoba cuyo largo introduce en el precipicio del escote, mientras sus ojos parecen contemplar abajo un signo viril que no existe.

Voleas, ganchos, seductores adornos traza en el aire y entreteje; sube una pierna al palo, lo enlaza, lo monta y lo cabalga; pero de súbito retiene el movimiento, dando vuelta de lápiz sobre la punta del otro pie que, tenso, gira despacio sobre el piso de infinito damero.

Sus dos brazos envuelven la traqueteada y prodigiosa escoba que parece tomar vida entre los coqueteos e impulsos contenidos que dibuja la danza: la mano izquierda, arriba, abraza el cuello de su compañero; y la de abajo, con pausados y secretos movimientos la doblega hasta hacerla obedecer el eros incendiario, cual si tuviera sentidos, sentimientos, sensibilidad, nervios, tacto, respuesta... y aunque él no abraza el cuerpo fino, flexible, largo, tenso, invitador, necesitado de la bailarina, no se pierde... se mueve a ritmo y le da, con voluptuosidad lenta o vertiginosa, sinuosa, tibia -casi líquida- todo lo que ella necesita.

Imagen del placer. Ansia y satisfacción, pero siempre deseo, creciente deseo, estrujante, doloroso. Una tras otra las notas, los timbres, las voces, los pasos del tango se vuelven canto, incitación, llamada, necesidad, vuelco, lecho, espasmo, vacío, compulsión... y de nuevo deseo; siempre deseo, martirizante y tormentoso.

Lilith, bruja, mujer: yo hubiera querido bailar contigo y volver mis brazos higueras y mis muslos ombúes que te enrollaran y envolvieran en frenético abrazo; pero yo no bailaba tango. No era bruja ni diablo. Sólo una mujer que en la sorpresa del encuentro quiso cantarte para verte bailar, admirarte, calibrar tus musicales, rítmicos y sinuosos devaneos; y al descubrirte, comulgar tu sensualidad y tu libido; fundirme en ti, hacer míos tu color, tu figura, tu pelo rizado y abundante, tu lengua y labios lúbricos, tu olor, tu aliento, tu sofocado jadeo, tu tacto sudoroso, tu acelerado palpitar, tu temperatura enardecida por el movimiento atrevido, falso, insinuante, fogoso, rechazante, entregado, retenido, soberbio y dulce, altivo, melancólico, pausado, erótico, siempre ofreciendo el regalo que sacia... y no deja de desearse; pozo profundo y cálido, acogedor, húmedo y silencioso en dónde abandonarse a los prodigios que la deriva trae a nuestras playas con las altas mareas y sus reflujos.

Aún no despierta Adán de aquella siesta y no existe final para esta historia.

Lilith mantiene en el hechizo mi feminidad y mis deseos desde aquella cálida tarde en que la descubrí bailando en mis espejos. Y viene cada noche de luna llena al paraíso, a cuyo huerto salimos a cortar manzanas cuando despunta la fresca madrugada.

Y cuando brilla el sol de mediodía, mientras cantando viejos tangos yo muelo la papilla, ella, tendida a la sombra del beleño, comienza a desnudar sus pechos para dar de mamar a la vieja y desdentada serpiente.

LOS VISITANTES

[*Nox et solitude*
plenae sunt diabolo]

PATRILOGÍA

Después de media noche advierto su presencia. Comienzan haciendo ruiditos repentinos, suaves, espaciados. Vienen de todas partes y entran por puertas, por ventanas, por cualquier hendidura de los muros; surgen de entre las duelas de los pisos, descienden de los techos, suben por los respiraderos de los sótanos. Aprovechan cualquier ranura para filtrarse al interior.

Cuando llegan volando de su cautiverio algunos chocan con muebles y paredes. Los he escuchado golpear y con un ruido seco desplomarse en el suelo; y los que no, siguen directo a meterse en los relojes. Porque les fascina el sonido del reloj... y tratan de imitarlo; pero no pueden con el ritmo ¡no pueden!, los enloquece el goteo mensurable de su persistencia. Por eso es que al poco rato, una galaxia de tic-tacs de acentos cojos y descompasados empieza a hacer girar el desenfreno de su polirritmia.

Poco a poco aumentan el monto de sus ruidos. Ahora cuchichean, roncan, resuellan, comienzan a chasquear, carraspean; y en sus veloces ráfagas de vuelo van creando fisuras en el aire encerrado de mi celda.

Los que llegan después son más intensos. La otra noche irrumpieron en oleada violenta que desgajó paredes, estalló vidrios de ventanas, arrancó cortineros. Unos traían consigo el día y un deslumbrante sol hirió mis ojos; otros vienen seguidos de la noche. La llevan arrastrando como un grueso cortejo de alas desfallecidas.

Son capaces de hacer ruidos atronadores; y los que no son ciegos tienen poderes prodigiosos y están a un tiempo dentro y fuera de las cosas.

Aquella última noche que vinieron levantaron mi cama, la colocaron vertical, y antes de que pudiera yo caer o deslizarme la sábana me abrazó y me amarró al colchón con fuerza. Y ahí quedé sin poder moverme, escuchando miríadas de tic-tacs que como ruedas de molino trituraban el tiempo; en tanto ellos, transitando la noche con su fiesta de calamidades hacían bailar la casa entera como si fuese una balsa zozobrando en tormenta de altamar.

LOS VISITANTES

Casi extenuados, antes de la madrugada los vi disolverse alucinados en los últimos vértigos de su aquelarre obsceno.

Los miré la otra noche con mi gran ojo insomne, el que vive despierto; mientras el otro, el que no sabe nada, dormía profunda y apaciblemente.

QUÉ ALUMBRADOS

Los tres tomados del brazo caminábamos por la ciudad aquella ventosa noche invernal.

-¡Miren! ¡La efigie de Brahms! -dijo Emilia emocionada, señalando hacia arriba.

-¡Cómo crees que aquí van a honrar a Brahms así! -le responde Efraín, muy convencido- Es Carlos Marx. ¿No ves que el gobierno ya se declaró socialista?

-Ustedes están locos -intervengo-. Es Venustiano Carranza.

Pero un acomedido transeúnte nos ubica en la realidad nacional: -Es santaclós.

Cierto. Era diciembre.

JARDÍN DE AYER

Aquel domingo, la visita de Íker a casa de su madre demenciada no terminó a la hora de costumbre. La enfermera acostó a la anciana; pero él se quedó en la antesala, un poco por depresión, y otro por inercia... y también por la nostalgia que le causó alguna escena de la película en el televisor.

Era un melodrama trivial donde actuaban varios de los actores que, entre pláticas con sus primos e intercambios de estampas para el álbum, él conoció de niño. La escenografía, muy de sus tiempos, traía a su mente antiguas y entrañables remembranzas: artísticas casonas porfirianas cuyos salones ostentaban al centro una señorial escalera en caracol o a dos vertientes, con herrería forjada en la barandilla y vitrales en los rellanos; puertas de caoba con vidrios biselados; mobiliario Art Déco, Directorio, o sólidamente Victoriano. Las modas le traían a la memoria viejas imágenes de su propia familia: ellas, sombrero, traje sastre con saco acinturado y solapas de terciopelo; ellos, saco cruzado y corbata ancha; las niñas, tobilleras y crinolinas; y los niños y muchachos, cachucha a la europea y pantalón corto con tirantes, como él mismo los llevó hasta los catorce.

Hipódromo de la Condesa. En cualquier avenida esporádicamente pasa un Buick o un Lincoln arrastrando su soberbia carrocería por unas calles sin conflicto, donde la gente cruza tranquila y en cuyas arboladas aceras los niños, fascinados, lanzan a girar sus canicas, sus yoyos o sus trompos de colores, y las niñas no cesan de brincar, jugando a la reata o al avión.

Sentados en la banquita que sombrea una palapa, la dama y el galán de la película sostienen una conversación en un jardín. Íker siente su corazón sobresaltarse al advertir que se trata del viejo parque "San Martín", el mismo donde gastó las más felices horas de su niñez y de su tierna adolescencia. Al mirar los juegos que sirven de fondo a la escena lo cercan sonoridades de su antigua inocencia. Las resbaladillas como siempre: rodeadas de gritos y erizadas de niños; el volantín y su evocador estruendo de tubos golpeándose; los subibajas y su acompasado crujir; y sobre todo el polirrítmico chirriar de los columpios, reviven en su memoria resonancias que estremecen su alma con una lejana y dulcísima vivencia, dolorosa y placentera a la vez.

Entre los juegos y la banca donde los actores continúan conversando algo que Íker ya no atiende, a intervalos se ve pasar chicos en bicicleta; un paletero y el retintín de su carrito; niños que corren tras una pelota; alguna nana empujando una elegante carriola; parejas de enamorados enlazadas del brazo. Y más a la derecha, aparecen en grupo algunos patos que despaciosamente deslizan su blancura por una breve curva del estanque.

Íker recuerda cuántas veces sus ojos contemplaron ese jardín desde el ángulo en que la cámara lo está haciendo esta vez. Y siente que su corazón se le acelera más y la respiración se le entrecorta de emoción; porque esos ojos se le volvieron niños y nuevamente otean, como cuando sorprendidos y anhelantes entre sudor y tierra buscaban un rincón más en ese parque en dónde desbordar la dicha de la infancia. Su estado de ánimo es dual: le duele lo perdido; le alegra poderlo recobrar, al menos un instante. Pero otra vez lo lastima (y casi lo avergüenza) que no sea en realidad, sino a través de una cinta-celuloide; y de nuevo le alegra volver a verlo tan nítido, tan vivo como cuando era realidad.

Llega una escena en que su corazón da un vuelco: entre los que en el fondo cruzan y pasean se ve pasar él mismo, pequeñito, tomado de la mano de su madre. Aunque el ángulo es amplio, en cinco o seis segundos habrán atravesado la pantalla. ¡Íker desea que el tiempo se detenga! ¡Que la película se pare! aunque sólo sea por un segundo, para mirar de nuevo la belleza y lozanía de su madre cuando la amó de niño, y escrutar en sus rostros, ya con ternura de hombre, la agridulce emoción de los tiempos perdidos. Desbordando la intensidad de su deseo, prendido en la esperanza de un prodigio, antes de que desaparezcan de la escena Íker desgarra un grito ahogado, ensombrecido, pero con la avidez de un niño:

-"¡Mammáa!"

Ella voltea hacia la cámara con amorosa sonrisa de respuesta. ¡Íker está exaltado! Con el aliento contenido y una emoción en paroxismo la contempla un instante, antes de que ella se vuelva y con cierta extrañeza filtrada entre su dicha, prosiga su camino tomada de la mano de su hijito.

Mientras la imagen va saliendo de cuadro, un rictus de rigidez petrifica el rostro de aquel hombre. Lo único que se mueve en esa mueca son sus párpados, que al cerrarse expulsan dos espesos ríos que se deslizan bañando sus mejillas. Y aún no sabe que mamá en el cuarto de junto, al oír su llamado, congeló para siempre su amorosa sonrisa de respuesta.

DE SÚBITO

La mesita de noche escapa horrorizada. Salto de la cama y corro tras ella.

-¿Por qué huyes? ¡Detente!

-¡Un monstruoso esperpento me persigue!- grita espavorida.

Doy media vuelta...

Y una vez más intento dar fin a esta accidentada noche de insomnio.

MI TÍO MANUEL*

* Basado en un relato de mi padre.

Para llegar a una de las propiedades de mi padre, mis hermanos y yo teníamos que pasar cerca de la casa del tío Manuel y nunca podíamos resistir un fuerte impulso por acercarnos a saludarlo. Él jamás respondía nuestro saludo, pero enseguida comenzaba a decirnos cuanto le venía en mente sobre la situación del país, la economía, la política, el clero. Nosotros poco entendíamos entonces de aquellas cosas, pero tenía tal pasión para expresarse que siempre fuimos su sorprendido auditorio.

Era muy pobre, aunque la hacienda que administraba era pródiga en verdad, pues aunque era el café su producto principal, se cultivaba allí papa, yuca, arracacha, maíz y fríjol; además de frutas diversas como granadillas, guamas, chirimoyas, guayabas, duraznos, mangos, pomarrosas, maracuyá, plátanos y otras delicias.

Su esposa Frigia era débil, enfermiza y medio tímida y rara vez rebasaba el umbral de la puerta. Vivía confinada a los quehaceres domésticos como guisar, remendar y lavar la escasa ropa de la familia; y con mi tío había procreado más de media docena de hijos, muchachitos que harapientos o desnudos deambulaban todo el día por la huerta, jugando en la tierra, comiendo guamas, yerbas, fruto de café o cualquier otra cosa que pudieran llevarse a la boca, siempre bajo la triste mirada de la hija mayor, una chiquilla como de mi edad.

-¿Ves esa muchacha? -me decía el tío Manuel señalándola mientras ella carmenaba el cabello de uno de sus hermanos- le hemos puesto el nombre de tu hermana mayor, a ver si sale bonita. Pero también espero que salga inteligente ¡carajo! No porque uno sea pobre le han de salir hijos brutos...

Y de ahí se valía para continuar protestando, diciendo mil y una verdades contra el gobierno, contra los caciques y los políticos, contra los ricos y los curas. Arreaba con todos sin miramientos y no excluía en su actitud ni a sus mismos parientes. A mi padre, su hermano, lo metía en la misma caterva de ricos indeseables.

Nosotros queríamos a aquellos niños como nuestros primos que eran, pero al mismo tiempo sentíamos una compasión inmensa por ellos. Y cuando llevábamos algo en la bolsa, unos centavos o algún juguete se los ofrecíamos; pero ellos lo rehusaban inmediatamente, haciendo caso al papá quien les gritaba oculto entre el follaje de algún cafeto cuyo fruto maduro desgranaba -No tomen nada, mijitos; aprendan a no aceptar cosa alguna de los ricos y recuerden que cuando el rico da, aunque sea agua, la da con tal soberbia que es despreciable.

Quién sabe cuál sería entonces nuestra posición económica. Pero si no éramos ricos, nuestra situación era envidiable comparada con la de mi tío Manuel.

A veces mamá, que era presidente de la Socias de San Vicente de Paúl cuyos fines eran procurar ayuda para los llamados pobres vergonzantes, enviaba con nosotros algún dinero con encomienda específica "para la esposa y los hijos de Manuel"; pero ni ella ni los muchachos lo aceptaban, fieles a la consigna de no recibir nada de nadie; así que siempre regresábamos con el dinero (bastante mermado debido a las golosinas que siempre se nos atravesaban en el camino).

Y es que el tío Manuel odiaba el dinero con fobia absoluta.

-¿Dinero? ¡pa' qué? Miren esos ricos brutos: toda la vida no piensan en otra cosa que en acumular guita y cuando ya tienen bastante, ¡zaz! se mueren de un ataque sin haberlo disfrutado realmente ¡ni el caudal ni la vida! ¡hijueputa! Eso de tener dinero es una vaina; yo ni lo quiero porque me da asco; ni lo necesito, porque mi familia tiene qué comer y todos vivimos con el espíritu libre y eso es lo que cuenta. Si les falta ropa, no por eso se van a morir; al mundo vinimos sin trapitos y eso es suficiente para saber que no los necesitamos.

-Pero tío -le decíamos-, con algo de dinero se obtiene educación, viajes para conocer el mundo y hasta un poquito de comodidad, que no está de más.

Pero él cortaba en seco.

-¡No sean testarudos, mijos! Cuando se lo ha de llevar a uno el diablo, se lo lleva con dinero o sin él. Afanarse por acumular plata es embromar la vida ¡qué vaina! Eso se queda para aquellos santurrones lameladrillos ambiciosos que se pasan toda la vida rezando y pidiéndole a Dios seguir juntando hartas morrocotas. ¡Hijueldiablo! Yo prefiero la libertad y me basta con ser honrado en mi trabajo.

Y era verdad. Trabajaba desde que el sol salía hasta el anochecer, pero sin transigir con las normas sociales que imponía su tiempo. Nos decía: -Aquí, los malditos derechas y los curas le absorben a uno hasta el espíritu y no se puede pensar libremente. Todos deben pensar con la mollera de los gamonales, los mercaderes y sus anunciantes -y enfatizaba- ¡Quién pudiera hacer una pira de banqueros, políticos y retrógrados cuervos de sotana para prenderles candela! El mundo se hizo para que todos los hombres vivan felices ¡carajo! Y para que cada cual piense sólamente con la luz directa de Dios.

Nuestras visitas al cafetal de mi tío y nuestras entrevistas con él se hacían a escondidas de nuestros padres, quienes nos aconsejaron siempre eludir en cuanto pudiésemos su encuentro. Papá nos decía: -Cuidadito y llego a saber que andan metiéndose en casa de Manuel. Vean mijos, que aun cuando sea mi hermano tengo que prohibirles su trato, porque es un hombre sin creencias, que está continuamente hablando mal de la Iglesia y del gobierno. Y además no puede hablar sin soltar picardías. Recuerden que yo lo quiero por ser de mi sangre; pero hay que reconocer que es un descarriado con ideas extrañas. Hagan de cuenta que es un enfermo contagioso que debe vivir aislado de la sociedad. Si alguna vez tropiezan con él por el camino, salúdenlo no más y sigan de largo. Me es muy penoso aconsejarles esto, pero cuando estén más creciditos comprenderán que he tenido razón.

A su vez mamá nos aconsejaba: -Como ese hombre es un renegado y está poseído del espíritu malo, no sólo porque nunca practica la religión sino porque la denigra con sus blasfemias, deben ustedes huirle y evitar conversaciones con él.

Entonces alguno de nosotros se atrevía a alegar -Tú misma nos has enviado a llevar dinero...

-Pero esa plata era para misiá Frigia -aclaraba mamá- y siempre les encomendé que se lo entregaran a ella o a su hija mayor. Para eso no necesitaban ver a su tío.

Y se lamentaba de ese hombre ¡tan distinto a vuestro padre y sus demás hermanos! Fue el único de la familia que salió pervertido ¡porque lleva el diablo en el cuerpo...! -y con la vista hacia el cielo terminaba- ¡Y pensar que es hijo de un hogar cristiano!

Aparte de esas recomendaciones, las buenas conciencias del pueblo también nos aconsejaban huirle al tío Manuel y nos decían con horror que estaba excomulgado.

Precisamente todos aquellos consejos, todas aquellas versiones sobre la perversidad de mi tío intrigaban en nuestra mente y nos despertaban un profundo sentimiento de curiosidad por tratarlo con más intimidad y saber por nosotros mismos qué había de cierto en todo lo que se murmuraba sobre él. De allí nuestras visitas clandestinas al feudo de ese hombre que vivía aislado de todo trato social, de todo movimiento político o religioso, y que pasaba la vida en su cafetal, clamando siempre por un mundo mejor, no para él, sino para todos los hombres.

En una de aquellas visitas le dijimos -Oiga tío, los del pueblo dicen que usted es ateo y que está excomulgado ¿es cierto?

Clavó la azada en la tierra y nos miró con indecible ternura.

-Yo vivo mi propia vida y en ella forjo un mundo interior libre de trabas y convencionalismos. Y precisamente por eso se me juzga como un descastado, como un elemento ajeno al medio ambiente común en una sociedad ambiciosa, timorata y llena de prejuicios. Ustedes, mijitos, están todavía muy niños y necesitarán forzar mucho su inteligencia para comprender lo que voy a decirles, pero lo hago no por un deseo de presunción; sino porque siendo vosotros unas de las pocas personas con quienes yo converso, y estando sus mentes limpias de toda esa carroña, de toda esa falsedad que emponzoña la de las personas mayores, serán más imparciales, más puros cuando quieran juzgarme. Y deseo que cuando sean grandes me recuerden, no como el perverso que quieren hacerme parecer, sino como un hombre sano de corazón y honrado en sus propósitos.

Se dice que soy ateo. Ateo es quien niega o desconoce a Dios, y yo lo reconozco y lo encuentro presente en cada acto de mi vida cotidiana: en mis hijos, mi trabajo, mi hogar... lo encuentro en el amor, que eleva la condición del hombre casi a la de un dios y debería ser el impulso de todos sus actos; y en esa facultad esencial y bella que lo mueve a ser mejor cada día: la inteligencia. Es estúpido pensar que Dios, ese poder maravilloso que inventó y rige la Creación, pudiera haber establecido para sus hijos ridículos principados e instituciones jerárquicas para que unos estén más cerca de él que otros. ¡Qué vaina! Él es amor... conciencia pura, eternidad... y único en excelencia y atributos.

Yo desprecio al clero porque usa el nombre de Dios para meterse en el alma y especula con el atributo de la fe para manipular las conciencias y ejercer el poder; pero lo desprecio igual que a los médicos impíos, a los abogados corruptos y a los políticos simuladores, que lejos de ejercer con amor una vocación, son falsarios que lucran y se enriquecen con el sufrimiento humano. (Como hombres nada mas, los admiro y respeto porque son parte integrante y activa de la creación). Posiblemente ese fue el motivo por el que algún borrego de tonsura me formuló la excomunión. Pero no me importa, porque yo nunca me atrevería a buscar a Dios a través de la sesera de un hipócrita cura con olor a mujer y a tabaco. Hacerlo es blasfemar contra la Divinidad. Por eso es que me temen y aconsejan a la juventud que se aparte de mi trato; pero yo seguiré construyendo mi vida según mi propia luz y entendimiento. Lamentando, eso sí, el no haber nacido en un mundo mejor, en donde los hombres se comprendan y se amen y sólo vivan para el bienestar común.

Dos semanas después volvimos a su cafetal.

Sólo de vernos y sin saludar continuó como si no hubiera transcurrido el tiempo: -Dios, que es infinito en atributos y apenas si el hombre tiene una mínima noción de su grandeza, no puede enviarnos ningún mal. Y menos

aún crear un cielo para premiar a unos y un infierno para castigar a otros. Para mí, cielo, purgatorio e infierno no son más que creaciones de la mente atormentada del hombre, que pone esas limitaciones a la inmensa bondad divina inventando religiones diferentes que únicamente establecen la división entre la gran familia humana, que no debería tener más que una divisa sublime: El amor.

Conforme lo oíamos discurrir fuimos descubriendo cuán clara era su conciencia y pronto nos constituimos en sus más fervientes admiradores. Las admoniciones de papá y los consejos de mamá no fueron barrera suficiente para impedirnos su trato; pues no sólo se hicieron más frecuentes nuestras visitas a su finca, sino que ahora abiertamente lo defendíamos contra toda injuria, contra toda calumnia. Y más aún, nos fuimos convirtiendo poco a poco en sus verdaderos propagandistas, y en cada visita procurábamos llevarle a nuestros primos, amigos y compañeros de escuela, quienes a su vez se volvían sus admiradores.

Pocos años después llegó para la mayoría el momento de entrar a bachilleres y abandonar el pueblo. Y una de esas tardes fuimos a despedirnos y a escuchar sus consejos.

-Vean ustedes, mijitos -comenzó diciendo- sus corazones y sus mentes, con ser tan tiernos, son terreno nuevo y propicio para cultivar impresiones. Ahora que la vida va a abrirse a vosotros con más amplias perspectivas, deberán poner todo su empeño en lograr una gran entereza de carácter, pues sólo con ella podrán alcanzar los verdaderos atributos que conforman a los hombres virtuosos. Sean íntegros y nobles en sus propósitos y nunca se doblequen ante los caprichos de una sociedad viciada. Sepan encontrar a Dios, no en la suntuosidad de las catedrales ni en la vulgaridad de los templos, sino en todas las espléndidas manifestaciones de la vida y a cada instante de la existencia misma. Conserven la pureza de su corazón y dejen que a través de ustedes se desborden las portentosas energías del Espíritu, pues sólo así merecerán la libertad y el gozo de ser dueños verdaderos de su vida, no acatando más órdenes que las de su propia, purísima conciencia. Y así serán dignos de profesar en paz la verdadera religión, la que surge del Ser interior y se practica individual y secretamente por la fe; comunitaria y compartidamente por el amor, y universal y sabiamente por la pureza de intención y de actos.

Muchas cosas más dijo con referencia a Dios, el Universo, el planeta y el hombre; conceptos que, aun siendo largos y no fáciles de comprender, se quedaron activos en mi corazón y en el de mis hermanas y hermanos.

Semanas después nos fuimos del pueblo. Cuando por carta preguntábamos por el tío Manuel, papá nos decía que seguía encastillado en su retraimiento y que, juzgándolo benévolamente y suponiéndosele un hombre inteligente, alguna persona caritativa y piadosa había tenido la inútil valentía de visitarlo para convertir su alma... sin éxito.

Once años después mi hermano Pablo y yo regresamos al pueblo y por supuesto que volamos a buscarlo.

Nunca supimos de quién era la hacienda que administraba; pero de aquella finca exuberante quedaba el viejo casco y uno que otro muro erguido; rastros del bodegón y lo que fue el hogar; la capilla casi derruida, y un viejísimo torreón donde arañas, golondrinas y cigüeñas compartían el calor y el amor de sus nidos.

EL ENIGMA

Una noche en que tomaban su frugal merienda la abuela no mostraba los signos de su habitual contento. Sin estar triste del todo, la sencillez de su rostro traía encima un gesto enigmático, raro, indescifrable. Se quedaba ratos pensativa y en silencio y a pausas partía y masticaba -como rumiando sus protestas- algunos pedazos de la hogaza.

-Abuela, qué pasa -quiere saber Eusebio.

-Vea, mijo: resuélvame un enigma.

-¡Léeeñe, abuela! Ya va con sus historias...

Como si no hubiera oído el rezongo -Dígame qué pensamiento surgió inmediato a la Creación- le suelta al nieto como un látigo.

El pobre Eusebio se muerde lo labios tratando de dar en el blanco. La mira con recelo y aunque sabe que hay truco, se siente vergonzosamente comprometido ante tanta lección de metafísica que la anciana le ha dado. Así que luego de pensarlo un rato le asegura triunfante:

-Yo me ilumino, abuela; porque la luz fue lo primero que el Señor creó.

La abuela da un lento y amañado sorbo a su café y aclara:

-No diga boberas, mijo; fue: envejezco.

FASCINACIÓN

Between the idea and the reality;
between the motion and the act,
falls the shadow.

T.S. ELLIOT

Sólo hasta que Elisa se unió al pequeño equipo de arqueólogos fue que el chamán aceptó que se realizara la excavación en las inmediaciones del Petén-Itzá.

Esa última tarde en que lo visitaron, el viejo accedió sin necesidad de los argumentos y ruegos de otras veces. Se mostró menos adusto; se comportó más complaciente y hasta les convidó de su pócima dulzona.

Una semana después se instaló el campamento y comenzaron los trabajos.

Muy excitada por la envergadura del proyecto, aquel su primer amanecer en la aldea Elisa despertó súbitamente cuando el sol aún no despuntaba tras los cerros; pero sintiendo tal pesantez que volvió a quedarse dormida. Poco después, en un sueño sobresaltado recordó que era hora de iniciar el día... y despertó de nuevo. Pero la necesidad de seguir durmiendo era tan intensa que a duras penas logró incorporarse.

Sentada a la orilla del camastro se queda inmóvil unos minutos, confundida en esa profunda somnolencia. Luego, en un gran bostezo logra estirarse largamente e intenta abrir los ojos. Los siente doloridos, y los párpados -gruesos y pastosos- no logran despegarse.

Se calza, y en mitad del trayecto al lavatorio advierte que camina con los ojos cerrados. Una vez más lucha por abrirlos; mas la sensación de impotencia es invencible.

Entonces trata de separarlos con los dedos; pero la modorra se vuelve estupor: donde los ojos estuvieron, hoy la piel de la frente se une a las mejillas sin dejar rastro de que algún día hubo aberturas, cuencas, órganos, párpados, cejas, pestañas, huellas de lágrimas... o luz, que reflejó el nacer de otros amaneceres.

A lo lejos se oye el canto tempranero de los gallos. Y en la amarillenta penumbra de su choza el viejo chamán lo escucha.

Pero tampoco puede despertar: le es imposible dejar de contemplar unos ojos de mujer que con azoro lo vigilan, para que nunca más pueda salir de sus sueños y traspasar el mágico umbral de sus deseos.

PESADILLA

Bajo a la lobreguez de la ciudad y no discierno si es realidad o estoy creando monstruos en mi mente. El mentís de los nombres de unas calles por donde pasan autómatas viandantes parece prolongar un laberinto imaginado entre las fiebres de un mal sueño.

Entré cruzando un bosque de encinos y oyameles desierto de los monjes y condenado a muerte por la lluvia ácida y los gusanos barrenadores.

Pasé en las cercanías del molino del rey de un pueblo sin trigo ni gobierno.

Volé en un cielo raso de plásticos azules que protegen de mugre las vendejas, y fui a caer a la barranca de los muertos de hambre, que en todas las esquinas del infierno untan en los cristales su melancolía o vomitan las venas de su anemia en la súbita flama de una mecha ahogada en *thinner* o aguarrás.

Viajé entre angostos surcos repletos de culebras de metal, que bajo el aguacero o el ardiente sol, reptan despacio en fila mientras arrojan por la cola sus ruidos y gases venenosos; vías en cuyas sórdidas riberas, grandes anuncios como navajas cada vez más altas caricortan con saña el cielo verdadero.

Llegué hasta el sur y tropecé con un águila herida. Estertores de muerte la abatían porque hace tiempo, mutilada cayó de los más altos ondeos de una bandera.

Una inmensa barriga de humoniebla crece sin control y engulle las viejas transparencias. Los habitantes se matan entre sí o se suicidan inhalando el humo de sus evasiones; en tanto la basura vuela y se respira, falta el agua, crece la sequedad, aumenta la miseria, se encona la injusticia, engorda la ambición, se crean más mentiras y los mansos eligen nuevos amos que administren a su favor la colectiva cobardía.

¡Y cómo despertar de esta alucinación de la conciencia, de este lago maldito y desecado; cuenca de excremento y gases, que acabará tragando a todos lentamente...!

Aunque herida en los ojos y en el alma logro mover las piernas y correr... y huyo de mi pesadilla por uno de los volcanes que, talados y renegridos, todavía la circundan.

CLASE DE PIANO

a Leticia
espléndida maestra

A sus nueve años el pequeño Aurelio era guapo, simpático y sin duda inteligente; pero no mostraba el menor talento para el piano.

Muy al principio, cada jueves llegaba a clase estimulado por sus sueños de llegar a tocar como Rubinstein... en dos meses; y su joven maestra lo recibía con expectación a fin de comprobar los avances del muchacho. Sin embargo estos eran tan inciertos que la fascinación de las primeras lecciones devino en escepticismo, y en poco tiempo se fue convirtiendo para ambos en una rutinaria -aunque afable- resignación.

Una tarde en que el chiquillo estaba especialmente distraído y desbarrado, la maestra se esforzaba por contener una incipiente exasperación:

-"No te adelantes, Aurelio; tienes que entrar en el tercer tiempo. ¡Cuenta bien!

Nooo, Aurelio. La mano izquierda empieza en sol con quinto dedo.

Aurelio, ¡por Dios! ¿Cuánto dura una negra?

Cuarto dedo en do sostenido, acuérdate.

No estudiaste, Aurelito. ¡En cada nota te equivocas".

Un poco irritada ante tantos tropiezos y queriendo ser ilustrativa, la joven le inventó al chico un jueguito para estimular su atención.

-Fíjate bien, Au- lo conminó- voy a hacer contigo lo mismo que haces con esta pobre pieza: por cada nota que cambies yo cambiaré una letra de tu nombre. Ya verás. Comienza otra vez, pero ¡pon mucho cuidado!- añadió mientras escribía en una hoja del cuaderno el nombre con grandes letras.

Y Aurelio comenzó... equivocándose.

Cambiando la E por O, la maestra leyó "Aurolio", y ambos sonrieron al escuchar el nuevo nombre. La maestra le pidió que lo intentase otra vez, y el niño trató, pero de nuevo falló en el do sostenido de marras.

-Acuérdate, Aerolio -le dijo divertida mientras borraba la U para poner una E,- que es do sostenido, no do natural.

El jueguito los divertía. Y aunque –por honor- la siguiente vez el muchacho puso toda su atención al leer y tocar, al final del segundo compás volvió a dar una nota falsa: *¡cliunch!*

-Tal como cambias el Minuet tú irás cambiando también. Ahora ve: te llamas "Derolio" -le advirtió al tiempo que cambiaba la A por la D.

-Vuelve a empezar- le ordenó con delicadeza.

Una vez más el chico comenzó la pieza. Y una vez más trastabilló en el segundo compás ¡y falló rotundo en el tercero! *¡cruinch!*

Mientras cambiaba la L por N, la maestra sólo movió la cabeza y dio un suspiro.

Aurelio rió divertido... y luego comenzó muy serio: *Siii, do re, #do re, #do re, #do reee...* Tocaba casi con la respiración contenida y ya traía colorados los cachetes esforzándose por no fallar. Puso tanta atención que por fin logró sacar la primera frase; pero al final del cuarto compás... ¡zaz! metió el primer dedo en otra tecla ¡y todo se arruinó! La maestra, con gran desaliento, no dudó en cambiar la R por M; y entre apenada y socarrona lo miró de soslayo para percibir su reacción.

Pero no hubo tiempo porque sentadito al piano junto a ella, un horrible y peludo monstruo negro con cuernos y rabo se reía y abría a tal grado sus enormes fauces que, en un descuido *crunch*, la devoró.

¡Pobre maestra!

CUARTETO EN **LA**

El tren se pone en marcha y mi alma cambia su luz, recordando Patagonia una noche de solsticio en que jugamos al amor en un rústico campamento.

Fue por la tarde, cuando los oblicuos rayos del sol matizaban la nieve de un blanquecino azul mientras enseñaba música a mi pequeño grupo de tehuelches. Las fogatas comenzaban a humear avivadas por niños y mujeres cuando a lo lejos sobre la blanca falda del cerro vi un punto negro que se movía.

Poco después, bajo una mochila de lona, tras grandes lentes oscuros y en una cara que apenas sobresalía de una grosísima zamarra fui distinguiendo un fino rostro. -¡Dios, es una mujer!- pensé mientras sentía el exagerado sobresalto de mi corazón subyugado por la obligada castidad de aquellos días.

Como antes de estos últimos, en que atravesando Piazzale Michelangelo veía discurrir el río que después de pasearse entre campos y castillos de la Toscana y antes de disolverse en el Ligure acaricia Florencia. El río, que siempre está en la ciudad y que de ella vive en fuga permanente.

No lejos del grupo que mal entonaba los compases de una vieja sirilla el bulto andante se dejó caer con la mueca del dolor y la fatiga; y la expresión emocionada de la satisfacción.

¡Eras tú! Y no pudiste hablar, junto a mí enmudecido de sorpresa.

Igual que la otra mañana cuando al salir del ensayo bajaba por los Jardines Boboli y te encuentro en estas tierras donde una vez más Brahms se esfuerza en renovar nuestros encuentros.

Tu jadeante sonrisa me robó el aliento, y mis pupilos callaron desdibujando giros en los que sin razón mi memoria se ancló al cuarteto en LA menor, que toqué la noche en que nos conocimos, cuando por una avería en el auto, Alexis y yo recalamos a media noche en tu casa. Donde nos acogiste y pasamos nuestra primera velada juntos entre debates sobre la inexistencia del infierno e intermitentes entresueños hasta el siguiente mediodía. Y donde fuimos dichosos muchas noches más hasta ese diciembre de mi primera partida.

-Vine a tocar a Frutillar y no pude evitar subir a saludarte -dijiste al recobrar el aliento perdido en la larga caminata y la emoción del reencuentro a dos larguísimos años de aquella despedida.

Y yo permanecí pasmado al pie del tiempo que me dio las razones para abandonar mis sueños de aquel entonces.

Y de las mil horas de estudio que me han llevado a ser un nómada de los conciertos, tocando en un teatro y durmiendo en la soledad de un diferente hotel cada tres noches. Sin mujer y sin sueños, navegando entre un sordo rumor de aplausos que se desvanece y resurge, como un oleaje indiferente.

-A ver si el destino nos vuelve a juntar...- te dije aquella tarde de la separación, haciéndome el valiente y en realidad sufriendo, porque perdía para siempre nuestras tardes de ensayo, piano y violín acompañados de tu amor, y queso y vino; nuestras noches enteras de juerga, ajenjo y tango. Y aquellas en que debatíamos sobre la fórmula de Dios; o las que, a la luz de las velas y al calor del mate invocábamos los espíritus de nuestros más enraizados muertos. Y tendría que dejar mis primeras historias de hombre: mañanas de oración meditando a pleno sol en tu jardín, tardes de estudio en el salón y noches completas de juerga en aquella "La bodega del castillo..." Risa, chanza o solemnidad; pero siempre emoción y desbordante, imperioso deseo.

Y sin atreverme a tocar la piel de tus manos o tu rostro que me gritaban. Sin poder hacerte saber que te necesitaba a todas horas; que en mis culpables masturbaciones nocturnas besaba tu imagen, y me entregaba a la visón de tus muslos cálidos y trémulos de deseo. Que me dolía perder para siempre nuestros domingos de concierto, cuando la resaca del festín sabatino me habría puesto a tocar como un autómata del Colón, de no ser porque entre el sueño y el éxtasis estabas tú escuchando, abandonada a la profundidad de nuestro Brahms.

El tren acelera el paso, y mi alma su nostalgia. ¡Por esas nuestras noches de farra entre Belgrano y San Telmo!

A orilla del Arno me quedé parado sin poder cruzar. Observándote de lejos y pensando qué habría sido de ti, de Rafael tu hermano que tantas veces tocó con nosotros; de Isabel y Alexis, cómplices y testigos que pudieron amarse con licencia del destino. Y queriendo adivinar con qué sentimientos guardarías el recuerdo de todo lo que fue nuestro: dúos y tríos; místicas y absurdas elucubraciones metafísicas; conciertos de Vivaldi; los juegos de cricket y tenis y ajedrez bordados de nuestra risa interminable. Y de nuestro cuarteto para piano en LA menguante...

Cuando te dejaste caer sobre la nieve pensé en cuánto tuviste que torcer tus historias para que esta tarde, después de dos años estemos de nuevo frente a frente, en este aislado campamento del sur conviviendo con un puñado de tehuelches, en donde cuatro aspirantes a locos pretendemos aplicar las enseñanzas del Maestro en nuestras vidas. Aunque desde entonces yo ya sabía que mis deseos no anclaban en su paz; porque este doble sístole de mi corazón que hoy de nuevo me conturba siempre me dijo que mi destino son tus brazos, tus senos, tu vientre y tus caderas; tus cabellos nocturnos, tu sonrisa que acoge, tu mirada que envuelve, tu ternura, tu inteligencia, tu finura, tu madurez. ¡Toda la impenetrable plenitud de esa feminidad que te distingue!

Conmovido ante la idea de no volver a perderte cruzo el río y me detengo frente a ti. Y después de otro largo silencio sin aliento, tu pródigo corazón se abre a mi amor y tus brazos a los míos y estrechados giramos una eternidad en el vértigo de los gozosos encuentros hasta quedar desfallecidos en una inundación de recuerdos y deseos exultantes. Sólo regresé de ese dulce morir cuando me detuve a acariciar tu rostro con mis ojos, y noté en los tuyos el paso de los años.

Apenas pudimos balbucear nuestro saludo, y yo fingiendo una profunda inhalación tomaba tiempo mientras pensaba qué decirte, cómo recomenzar y hablar de nuevo; qué querría saber de ti, qué preguntarte, qué contarte de mí; qué alucinar, cómo retomar el hilo que dejamos tirado en mitad de nuestro último desencuentro contra el tablón de la mísera cabaña en la Patagonia chilena.

-No te vayas-. Fue la única frase que salió de mi alma la mañana siguiente, al borde de nuestra segunda despedida. Y la luz de tu mirada se oscureció y se iluminó diciéndome regresa. Y yo con toda el alma quería que te quedaras... pero que te quedaras para siempre junto a mí. No sabría cómo sobrevivir sin el halo de tu presencia iluminándome; no sabía a dónde huir más allá del campamento y la cordillera. No sabía cómo pedirte intentar encarnar a Rhodo y a Rosía; cómo amarte más cada día sin morir; qué ofrecerte cada noche, cada mañana, cada instante. ¡No sabía cómo pedirte recrear a mi lado el mundo que perdimos!

Y después del abrazo y nuestra risa, para conocernos de nuevo nos largamos a andar las calles de Florencia. En Ponte Vecchio compré un camafeo para ti. Y ahí me entero de tu viudez y de la partida de tus hijos..., y me conmueve tu tristeza. Pero el gozo con que llegamos al pie del Baptisterio nos devuelve la dicha, y exultantes brindamos a los cuatro vientos la infinita felicidad por el reencuentro.

Cayó la noche envolviendo de oscuridad la solitud del campamento. Y mientras tu corazón alentaba junto al mío, los milagreros indios cantaban a Pachamama y a Kooch. Y Saturno crecía tanto, que casi se dejaba venir de bruces sobre nuestro gozo.

El mismo que hace seis mañanas nos ganó en desbordante ataque de risa al viejo estilo, y terminó en un profundo y enternecido abrazo en que por primera vez beso tu cuello, tu rostro, tus orejas.

Aquella noche cantaron los niños jugando al maitencito; cantó la *machi* para bendecir los alumbramientos de las mujeres que se tendieron a parir; cantaron los grillos desde la frondosa oscuridad de su escondite; y cantamos tú y yo... chacareras y viejos tangos al compás de la guitarra de Holguín. Y yo con arrebatamiento y sintiéndote morir de amor y deseo, te acurrucaba y estrujaba contra mi pecho, y embebido de apasionamiento, me dejaba soñar contemplando las caprichosas configuraciones del fuego. Perdido en la embriaguez profunda de estar viviendo una nueva noche junto a ti y estar sintiendo latir a ritmo del tuyo mi corazón de raíces volantes.

También cantaron los gallos, de madrugada, cuando la luna concluyó en el cielo el amplio giro de su arco.

Me cuentas sobre los éxitos de Alexis y yo a ti los desastres de Isabel en mitad del naufragio de su amor. Y en el bronce de la Puerta del Paraíso el sol revierte sus rayos y nos hace llorar. Frente a la Santa Croce me entero de tu no olvido; de tu memoria rendida a la nostalgia mientras yo, guarecido en la tenacidad de los recuerdos no te busqué ya más, por mis prejuicios.

El tren acelera su marcha, y mi alma su desgarramiento. ¡Todo daría por vivir otro mayo en Florencia junto a tu madurez florecida! ¡Cómo quisiera reinventar los años que perdimos! (Que embellecieron nuestro ayer y que tiramos al azar, tan lejano de azahares).

Apenas antes de ayer y en la nutrida emoción de estrecharte contra mí, al contemplar los coloridos mármoles de Santa María Novella las armonías de un órgano me recuerdan que es tiempo de regresar al hotel a estudiar las obras del concierto de mañana...; donde entre el gran público te distingo teñida de mi dolor y los reiterados desatinos de mi juventud; y donde te pido perdón y te hablo de mis antiguas y renovadas ilusiones.

Ayer, calmados los disturbios de su otoño y dulcemente trenzada a la claridad de la novísima mañana, mi fatiga de amor se tumba en el sillón. Acaricio tu cabello en mis rodillas mientras me traduces a Elliot, cuya Tierra Baldía lo era tanto como mis sueños y esperanzas; cuyos Cuartetos daban marco a mis cuatro décadas de estío, mis cuatro landas desgastadas.

Y un nuevo vuelco del amor nos tiende y pone a volar desenfrenadamente en nuestros lóbregos y tórridos abismos.

Esta clara mañana de mayo me acompañas a la estación. Terminó el festival y los conciertos con sus dulces días y noches de amor en que otra vez Brahms propició nuestro encuentro. Cuando el Montebello Espléndido irguió su pórtico a nuestra historia, atestiguó nuestra conspiración fraguada entre distancias. Y como si no hubieran pasado veintiún años desde la noche de Saturno, abrió una alcoba para el amor y la locura, conoció nuestros desfogues y prestó un lecho a la pasión por tantos años albergada. Y al turbión de llanto acumulado por tanto desatraje.

Hoy, con tu apasionamiento y el mío contenidos, recobramos la forma y compostura... y entrando a la estación me enteras de tu serena relación con el diplomático francés. Y en el andén, de su seguridad y fortaleza. Y un beso interminable prolonga al infinito nuestra tercera despedida.

La ciudad se convierte en paisaje y verde lejanía. Sólo la cúpula del Duomo y la erecta virilidad del Campanile elevan su seña de hasta siempre.

El tren redobla sus esfuerzos, y yo, saludando a mi renovada soledad saco del portafolios las partituras que me avivan la historia del próximo concierto.

LA VIEJA **PELOTA**

Edith se está acicalando por la noche. Su madre la mira y le pregunta si va a salir. Por toda respuesta la joven levanta los ojos al techo y luego con la mirada le clava dardos de fuego.

-Ya, ya..., ya sé...; es tu vida. -Se apresura a decir la madre. Y resignada se encamina al pequeño aposento donde varias veces, de niña, contempló conturbada a su pobre tía Esther sentada en el suelo, las piernas abiertas y sus largos brazos atados a las patas de la cama mientras desfallecía en el marasmo de su locura.

Aunque Esther debe haber muerto hace muchísimos años, su pieza está ahí todavía, con la misma colcha sobre la cama bien tendida y el mobiliario limpio y en orden. Luego alguien metió un sillón, y en él se sienta la anciana a rumiar el cúmulo de sus tristezas.

Surgido de su memoria, un dolor como aguja se le clava en la cabeza, y después de serpear por los pliegues de su rostro se estanca en la garganta. Los años, que se acumulan a los desencantos, pesan más cada vez. Las cosas le han dejado de importar y ha disminuido su contacto con el mundo.

Pasado un tiempo, la aguja abre los tejidos y desciende al centro de su cuerpo. Se inflamó tanto que perdió la forma humana y es sólo un amasijo con la gusanera de la pesadumbre dentro.

Meses después, la mujer se ha hecho más pequeña. Ahora es sólo una pelota amarillo-verdosa que cabe en cualquier mano y que deambula rodando por la casa. Los nietos llegan de visita y se entretienen un momento jugando con ella, pero pronto se aburren y la botan en cualquier sitio. Los hijos, al pasar, le prodigan con afecto una ociosa patadita. La madre pega en un muro, rebota en otro y rueda por ahí, en cualquier rincón de la pequeña casa en la que viaja sin rumbo: del pasillo al cuarto; de la salita a la cocina.

LA VIEJA PELOTA

Una tarde la encuentra el gato en el jardín. La husmea, la mordisquea, la desgarra curioso; luego de un zarpazo la vuelca al abandono en la tierra.

Semanas después los golpes de una escoba la zarandean, la arrinconan y otra vez la zarandean. Ella no se queja. Ya no recibe estímulos.

Alguien que llega una mañana la levanta, la examina con extrañeza, y luego la deja caer al fondo de una bolsa que saca al sol. Y ahí queda la vieja pelota hasta que en un par de días se la lleva el carretón de la basura.

PREVENCIÓN

¡Y yo... que vine a la vida con gorrito de fiesta!

EL HALLAZGO

> El doble sueño los confunde,
> y algo está pasando que
> pasó mucho antes.

JORGE LUIS BORGES

A pesar de que el edificio no tenía elevador Elisa y su madre subieron al quinto piso a conocer el departamento, cuya puerta de acceso estaba justo frente a la escalera. La primera impresión para Elisa fue ligeramente desagradable al observar que largas y desteñidas duelas color gris polvo formaban el piso.

-Al menos podré bailar un zapateado con claridad- se dijo a modo de consolación.

Además de que le pareció excelente que el departamento fuera grande: la estancia, amplia y luminosa, a sendos extremos doblaba rectangular, quedando a derecha los aposentos y hacia la izquierda la cocina y los servicios. Los tres frentes rodeados de ventanas.

Mientras inspeccionaba las recámaras iba haciendo estas observaciones a su madre, y precisamente aludía al buen tamaño de las habitaciones cuando advirtió que la madre no venía tras ella. Quizá se habría ido a conocer el lado opuesto del departamento.

-Ojalá y no descuide a la niña- pensó. Pero con cierto sobresalto prefirió dar media vuelta para encontrarse con ellas. Sin embargo su madre y su hijita no estaban en la cocina ni en el cuarto de servicio.

Escuchó decir algo a la madre y regresó a la estancia, pero no las encontró. Las buscó en el baño, pero tampoco allí estaban. Pensando que pudiera haber una comunicación circular entre la última recámara y el patio de servicio y que por ello estuviesen dando vueltas en redondo sin alcanzarse, revisó rápidamente cada rincón de ambas alas.

-¡Qué extraño! –se dijo-. No tiene más que esta única entrada.

Y un poco alterada gritó "mamáaa" en el rellano de la escalera.

-Me gusta; quedémonos aquí -respondió serenamente la madre desde la estancia.

Elisa la escuchó con extrema sorpresa, pues aunque la percibía cerca, no podía verla. Sin embargo, accedió y ahí convivieron desde entonces.

Debido a una habitual falta de comunicación, la hija jamás preguntó a su madre si ella sí podía mirarla... Pero el caso es que a partir de entonces así compartieron la vida en paz.

Aprendió a reconocer los movimientos de la madre por el crujir de las duelas del piso (en el que nunca bailó un zapateado); y aunque se seguía sintiendo vigilada por ella, le resultaba de algún modo fascinante no verla y poder fantasear que por fin vivía sola y liberada.

Lo cual era tan falso que mientras estuvo enamorada de Felipe, todas las tardes ansiaba con excitación la hora en que la madre entrara a bañarse. Todo lo tenía preparado y en cuanto oía el agua de la ducha rápidamente colgaba un mantelito amarillo en la ventana del comedor, justo frente al departamento del novio; quien a esas horas sólo esperaba la señal para bajar corriendo, cruzar la calle y subir a encontrarla.

Las visitas eran cortas y se constreñían a una rápida sesión de abrazos, besos, quejidos, jadeos, lamidos, caricias, chupeteos, mordiscos y sudor.

En cuanto la regadera del baño dejaba de oírse él se subía rápidamente los pantalones y salía por piernas. En tanto ella después de abrocharse el sostén, corría al espejo a ordenarse el cabello y desvanecer las arrugas de su blusa.

Una mañana mientras se ocupaba en doblar las sábanas limpias, entregada a sus fantasías y momentáneamente olvidada de la presencia de la madre, le pareció escuchar un suave llanto infantil en su aposento.

-¡No puede ser!

Las preguntas se arremolinaron en su mente y por primera vez sintió una angustiante confusión por lo que había estado sucediendo desde meses atrás.

-¡Elda! -llamó a su hijita mientras corría hacia el lugar del llanto.

En violenta estampida abrió la puerta de su recámara pero el llanto surgía de la otra pieza. Dando un vuelco abrió jadeante el cuarto de la madre, pero nadie había en él y el llanto provenía de otro lugar. Llena de estupor corrió a la estancia, al baño, a la cocina, al patio, pero el llanto se escuchaba siempre en lugares diferentes. Era un llanto suave, continuo y lastimero, más de miedo y tristeza que de dolor o rabia.

Como enloquecida y con la desesperación deformando su rostro comenzó a abrir roperos, cajones, cómodas, vitrinas, anaqueles, libreros... pero el llanto seguía saltando de un lado a otro.

Entre gritos histéricos llamando a su pequeña Eldiiiitaaaa no dejó un sólo cajón sin jalonear.

Las puertas y ventanas se cerraron y Felipe jamás volvió a ver a su novia.

Hoy cuentan los vecinos del ruinoso edificio que confinada en el cuartucho de la azotea vive en soledad una mujer que de día platica con su madre invisible, y que vela todas las noches cantando arrullos a su pequeña hijita catorce años perdida... y hallada en un antiguo y primoroso espejito de mano.

TRADUCCIÓN DE LOS EPÍGRAFES

J'ai tellement, tellement revé	De tal manera he soñado
que je ne suis plus d'ici.	que ya no soy más de aquí.
LEON PAUL	**FARGUE**
Je pars; j'ai cent mille ans	Parto; cuento con cien mil
pour cet heureux voyage.	años para este feliz viaje.
JEAN	**TARDIEU**
All that we see or seem	Todo lo que vemos o aparenta
is but a dream	ser no es sino un sueño dentro
within a dream.	de otro sueño.
EDGAR	**ALLAN POE**
Je vous souhaite d'etre	Te deseo ser
follement aimée.	locamente amada.
ANDRÉ	**BRETON**
We are the stuff	Somos la materia de la
dreams are made of.	que están hechos los sueños.
WILLIAM	**SHAKESPEARE**
Nox et solitude	Noche y soledad
plenae sunt diabolo	llenas están de diablos.
PATRI	**LOGÍA**
Between the idea and the reality;	Entre la idea y la realidad;
between the motion and the act,	entre el movimiento y el acto,
falls the shadow.	cae la sombra.
T. S.	**ELLIOT**